야정(野亭)

야정(野亭)

발행일	2019년 6월 5일			
지은이	공충식			
펴낸이	손형국			
펴낸곳	(주)북랩			
편집인	선일영	편집	오경진, 강대건, 최예은, 최승헌, 김경무	
디자인	이현수, 김민하, 한수희, 김윤주, 허지혜	제작	박기성, 황동현, 구성우, 장홍석	
마케팅	김회란, 박진관, 조하라			
출판등록	2004. 12. 1(제2012-000051호)			
주소	서울시 금천구 가산디지털 1로 168, 우림라이온스밸리 B동 B113, 114호			
홈페이지	www.book.co.kr			
전화번호	(02)2026-5777	팩스	(02)2026-5747	

ISBN   979-11-6299-730-7 03810 (종이책)   979-11-6299-731-4 05810 (전자책)

이 도서의 국립중앙도서관 출판예정도서목록(CIP)은 서지정보유통지원시스템 홈페이지(http://seoji.nl.go.kr)와
국가자료공동목록시스템(http://www.nl.go.kr/kolisnet)에서 이용하실 수 있습니다.
(CIP제어번호: CIP2019021690)

야정

野亭

공충식 장편소설

북랩 book Lab

서문

작가의 할아버지는 일제의 순사로 부역하였고, 아버지는 한국 전쟁 당시 인민군으로 복무하였으며 작가는 대한민국 육군 대위로 전역하였습니다.

일제 강점기와 한국 전쟁은 할아버지와 아버지 두 사람에게 괴물이 되라고 강요하였으며 그들은 상렬하게 저항하지 못하였습니다.

격동의 세월 속에서 수난이대(受難二代)를 겪은 집안의 후손들이 어찌 평탄한 삶을 살 수 있겠습니까?

이 소설에서, 작가는 역사적인 사실을 충실하게 반영하였습니다. 따라서 전지적 작가 시점의 권력도 누리지 못하였습니다. 이미 정해진 등장인물과 배경, 사건을 연대별로 나열하였을 뿐입니다.

읽는 이들의 눈에 거슬릴 수도 있는 내용, 즉 역사적 사실에 대하여 작가는 독자들과 타협하지 않았고, 결론도 유도하지 않았습니다. 평가는 독자들의 몫이기 때문입니다.

약 5년 전부터 이 글을 쓰기 시작하였습니다.
아버지와 할아버지로부터 전해 들은 이야기가 밑그림이 되었습니다.
극빈의 가정환경을 극복하고 우리 사회에서 중견의 위치를 차지한 형제자매들은 가장 든든한 지원군이 되었습니다.

처음에는 머릿속으로 계속 구상하고 메모하였습니다. 초고는 생각나는 대로 썼습니다. 열 차례 이상의 퇴고를 통해서 걸레 조각이었던 초고가 비단결처럼 부드럽게 읽힌다는 자신감을 얻었습니다.

시간이 지날수록 필력이 향상되었고, 책 한 권을 쓰겠다는 꿈이 명확해지면서 삶의 우선순위가 정해졌습니다. 책 쓰기는 일상생활에 지친 영혼을 흔들어 깨우고 각성케 하며 감동하게 만드는 작업이라고 생각합니다.

책 쓰기는 이길 수 없는 도전이 아닙니다.
가슴이 시키는 일을 누가 막을 수 있겠습니까?

책 한 권을 쓰기 위해서는 그 분야의 전문가가 되어야 합니다.
책 한 권은 어느 박사 학위보다 더 위대합니다.
책 읽기는 시작이며 책 쓰기는 완성입니다.

여러분께서도 지금 바로 책을 쓰십시오.
여러분의 이야기를 먼저 쓰십시오.
당신의 삶은 이미 한 권의 책이기 때문입니다.

저는 이미 또 다른 책을 쓰고 있습니다.

감사합니다.

2019년 여름
공총식 올림

목차

1. 명당

1954년 7월.

면장 선거일을 불과 사흘을 앞두고 입후보자인 공장진(孔壯鎭)이 새벽부터 전라남도 장성군 남면 분향리 시목마을에서 담양군 대전면에 위치한 병풍마을을 향하고 있다. 곡부공씨(曲阜孔氏) 4대 종손인 장진은 이번 선거의 당선을 위하여 조부의 산소에 지성(至誠)을 드리려고 가는 길이다.

"지성이면 감천이라고 하지 않습니까?"

"명당에 계신 조상님께서 꼭 소원을 들어주실 겁니다."

"제가 정 보살에게 택일 받은 날이 바로 오늘이며, 오시에 좋은 기운이 일어난다고 하니 시간을 잘 지켜야 합니다."

김귀례(공장진의 처)는 새벽부터 말을 타고 산소로 향하는 장진에게 신신당부한다.

장진의 아버지인 공재택이 당주로 있을 때에 완성된 담양 산소는 수북면 대방리에 소재한 삼인산(해발 564m)의 정상에 위치하였으니, 시목마을에서 병풍마을까지의 삼십 리 길과 병풍마을에서 삼인산의 정상까지 올라가자면 족히 오전을 소비해야 한다. 말을 타고 가던 장진이 집사에게 묻는다.

"제물(祭物)은 충분히 준비하였는가?"

"예. 문암 마님(김귀례의 택호)이 일일이 물목을 확인하였고, 산지기가 이미 산소에 옮겨 놓았을 겁니다."

집사 하 서방이 말을 끌면서 정중하게 대답한다. 경상도 태생인 하 서방은 한국 전쟁이 발발하자 학도병으로 참전했다가 행방불명되었던 큰아들 영준을 경북 영천에서 시목마을까지 데려온 후, 장진의 배려로 공씨 가문에 자리 잡았다.

한 해에 미곡 천 석을 수확하는 천석꾼 공씨 가문의 당주인 공장진은 20대에 장성 경찰서에서 치안을 담당한 적이 있는 일제 순사 출신이다. 그런 이유로 장진은 한국 전쟁을 통해서 인생이 바뀌게 되었으며, 숙명처럼 다가온 과업을 완수하기 위해 이번 선거에 전력을 다하고 있다.

장진이 산소를 향하던 시간에 시목마을의 공씨 종갓집에서는 선거 운동을 총지휘하는 김귀례가 동분서주하고 있다. 영리한 김귀례는 선거 지역구인 장성군 남면 일대의 사람들이 많이 지나는 길목과 수십 개의 마을의 회관과 상점 그리고 방죽목의 술집 등 주요 '목'을 선점하여 선거용 벽보와 현수막을 이미 설치하였고 집안의 일꾼들로도 부족하여 놉을 얻어서 매일 설치물의 훼손 여부를 감시하고 있다.

넓은 마당 안에는 여러 개의 대형 천막이 설치되어 있고 아침부터 저녁까지 찾아오는 남면 주민들에게 음식과 술을 대접하느라 방죽목의 술도가에서는 매일 수십 말의 막걸리가 공씨 종갓집으로 도착하고 있다. 곡식이 저장되어 있어야 할 곡간은 주민들에게 나누어줄 고무신과 비누를 포함한 생활용품들로 가득하다.

쏨쏨이에 손이 큰 김귀례가 구사하는 선거 전략은 지극히 단순하면서도 엄청난 효과를 발휘하고 있었다. 그것은 바로 물량 공세이다. 매일 아침 선거 관련 대책 회의를 주관하는 문암댁이 동원된 친인척과 일꾼들을 집합시켜 놓고 각자의 임무를 부여하고 있다.

"곳간에서 인심이 난다고 하지 않습니까?"

"이 바쁜 농번기에 누가 투표하러 나오겠습니까!"

"중요한 것은 우리 지지자들에 대한 투표율을 높이는 것입니다. 우리 시골 사람들은 무엇을 받으면 갚으려고 하는 보은 사상이 강합니다. 앞으로 사흘 동안 모든 유권자에게 준비된 선물을 모조리 돌리십시오."

작은 키에 걸맞지 않게 당차고 카랑카랑한 문암댁의 목소리에 기가 눌린 참석자들이 선물이 가득한 소달구지 위에 올라 목적지를 향한다. 공씨 종갓집의 외양간에 살던 황소 세 마리가 선거에 기여한 바는 대단했다. 안방으로 들어온 김귀례는 벽장을 열고 백 환짜리 지폐가 열 장씩 들어있는 봉투와 장부를 꼼꼼하게 대조하며 확인한다. 장부에는 어느 쪽 후보도 지지하지 않고 있는 중도 성향의 유권자 백여 명의 명단이 기록되어 있다.

2. 인민군의 포로

1950년 7월.

천안군 백석면에 위치한 벽돌 공장의 공터를 인민군의 보급부대인 △△ 연대가 임시 주둔지로 사용하고 있다. 연병장이 된 공터 안에는 이틀 전, 병천 전투에서 인민군의 포로가 된 십여 명의 대한민국 학도병 참전용사들이 AK소총에 실탄을 장착한 인민군들의 삼엄한 경계 속에서 대열을 정비하며 차례를 기다리고 있다. 권총을 찬 중위 계급 인민군의 군관이 구령대 위에서 호령한다.

"동무들은 이미 사상전향서를 제출하였고, 앞으로는 우리 조선민주주의인민공화국의 위대한 통일 전쟁을 위하여 몸과 마음을 바치기로 맹세하였다. 호명하는 순서대로 나와서 우리 공화국의 보급품으로 갈아입고 소정의 절차를 밟기 바란다."

"다음은, 동국대 법대 1학년 공영준!"

"동국대 법대 1학년 이제명!"

영준과 제명은 학사모와 교복을 벗어 던지고 인민군복으로 갈아입는다. 이어서 붉은 완장을 찬 왼쪽 팔 안쪽에는 한반도 지도와 '통일'이라는 새파란 문신이 새겨진다. 대한민국의 학도병에서 조선민주주의인민공화국의 새로운 전사로 탈바꿈하는 신성한 의식을 환영이라도 하듯이 연병장 주변에서는 인민군 △△연대의 군관과 병사들이 이들을 포위한 채로 〈적기가〉를 힘차게 부르고 있다. 집총한 우측 손이 상하로 움직이며 땅과 부딪히는 소총의 개머리판에서 나는 절도 있는 마찰음이 박자를 맞추고 있다.

척! 척! 척! 척! 척! 척! 척! 척!

"민중의 기 붉은 기는 전사의 시체를 싼다.
시체가 식어 굳기 전에 혈조는 깃발을 물들인다.
높이 들어라, 붉은 깃발을. 그 밑에서 굳게 맹세해.
비겁한 자야 갈 테면 가라. 우리들은 붉은 기를 지키리라."

먼발치에서 이들을 바라보고 있던 △△연대의 간호 군관 노연경 소위가 두 장의 학병 포로 명단에 적색으로 중요 표시를 하고 있다. 대열의 맨 앞줄에서 날카로운 눈빛을 빛내는 이제명과 왼쪽 이마에 붕대를 감고 있는 공영준의 신상명세서가 그것이었다.

학도병 참전 3일 차의 병천 전투에서 영준이 소속한 부대는 압도적인 병력과 화력으로 무장한 인민군과 조우한다. 숨 막히는 총격전에서 영준의 수려한 이마를 스치고 지나간 총탄은 참전한 다른 전우의 몸을 그대로 관통하였다. 동기생 대부분이 전사한 가운데 구사일생으로 살아난 영준과 제명은 항복을 종용하는 인민군에 대항하여 숲속에서 3일 동안 고립된 채로 버티었다. 갈증을 이기지 못하고 나뭇잎을 쟁반 삼아 서로의 오줌을 받아 마시며 끝까지 항전할 때, 인민군의 선봉은 이미 대전을 지나고 있었다. 한국 전쟁 발발 후, 첫 번째로 영준의 목숨이 위태로웠던 순간이다.

인민군 △△연대의 군관 및 사병들에 대한 사상 교육과 간호 군관을 겸직하고 있는 노연경 소위가 △△연대장인 김연식 대좌의 집무실에서 거수경례를 하고 있다.

"통일!"

"병천 전투 후, 우리 연대에 전입된 학병 출신의 포로 명단입니다. 간단한 위생 점검과 사상교육 및 부대 배치는 이미 완료하였습니다."

부드러운 인상의 김연식 대좌가 노연경 소위에게 질문한다.

"쓸 만한 자원이 있던가?"

김 대좌의 하문에 노 소위는 포로 명단 속에서 별도의 표시가 되어 있는 두 장의 신상명세서를 펼치며 대답한다.

"총 17명의 학병 포로 중에서 동국대 법대 1학년인 공영준과 이제명은 동기생으로 병천 전투에서 끝까지 저항했지만, 지금은 모두 사상전향서를 제출하여 의무대와 경비대에 소속되었습니다. 둘 다 건강하며 면접 과정에서 보건대 식자가 들어있고 눈에 기가 살아있어서 주의 깊게 살피고 있습니다."

포로 명단 보고서에 서명을 마친 김 대좌가 하명한다.

"그럼, 그 두 명을 다음번 사단의 사상교육 대상자에 포함시키도록."

연대장실을 나온 노연경 소위가 빠른 걸음걸이로 연대 지휘소 후방에 위치한 의무대를 향하며 마음속으로 생각한다.

'눈매가 날카로운 이제명의 외모도 출중하지만, 공영준이라는 청년은 묘한 매력이 있단 말이야.'

벽돌 공장의 사무실로 사용되었으리라 짐작되는 오래된 건물에 임시로 설치된 의무 병동은 최전선에서 후송된 전상 환자들을 치료하느라 분주하기만 하다. 시간이 갈수록 넘쳐나는 환자들을 치료하기 위하여 건물 주위에다 천막을 치거나 벙커를 만들고, 땅 밑에서도 진찰과 치료를 하는 형편이었다. 노 소위를 제외한 대부분의 의료 보조원들은 중앙인민병원에서 단기 과정을 마친 자들이라 의료 수준이 낮았으며 의약품과 의료 기기도 부족한 실정이었다.

응급실에서 중상 환자들에 대한 응급처치를 마친 노 소위가 시간을 내어서 의무보조원 역할을 하는 전사(우리의 경우 이등병) 공영준을 의무실 안쪽의 야전 수술실로 불러들인다.

"상처가 깊지 않아서 천만다행입니다. 매일 간단한 소독과 드레싱을 해준다면 일주일 후에는 완쾌될 것입니다. 다만, 흉터가 남을지 걱정이네요."

영준의 이마에 붕대를 감고 있는 노연경 소위의 손끝이 파르르 떨리고 있다. 당사자인 영준보다 상처가 남지 않기를 바라는 노 소위는 영준과 단둘이 있을 때는 자기도 모르게 경어를 사용하고 있다. 예하 의무병들에게 맡겨도 될 경상 환자인 영준에게 정성을 기울이면서 뛰는 가슴을 숨기느라 진땀을 흘리는 22세의 노연경 소위는 목숨이 위태로운 전시 상황에 대한 두려움도, 한여름의 뜨거운 더위도 전혀 느끼지 못하고 있다.

3. 취임사

1954년 8월.

전남 광산군 비아면 월정리 봉산마을에서 최씨 종갓집의 당주인 최동수가 여름 방학 동안 집에 와 있는 사 형제(남신, 정신, 계신, 의신) 앞에서 일장 훈시를 하고 있다.

"사람이 하루가 편하려면 이발을 해야 하고, 일 년을 준비하려면 농사를 짓고, 십 년을 대비하려면 나무를 심어야 한다. 그리고 100년을 내다보려면 교육이 바로 정답이라고 할 수 있다. 땅과 재물은 남에게 뺏길 수 있으나, 내 머릿속에 들어온 지식은 평생 나의 재산이 된다. 잘 입지 않아도, 잘 먹지 못하더라도 부지런히 공부해야 미래가 열린다. 잘 알겠느냐?"

"예, 잘 알겠습니다."

엄격한 아버지 앞에서 무릎을 꿇은 사 형제가 일제히 대답한다.

"다행히 너희들의 여동생이자 누나인 행순의 시아버지가 남면장에 당선이 되었고, 나는 내일로 예정된 취임식에 다녀올 생각이다. 큰 애야. 우리 집 가훈이 무엇이냐?"

서울대학교에 재학 중인 남신이 대답한다.

"독서근검 기가지본(讀書勤儉 起家之本)입니다."

"명심하도록 하여라!"

최동수는 다시 한번 사 형제들에게 다짐을 받는다. 최동수의 외모를 가장 많이 닮은 셋째 계신의 눈이 유난히도 반짝거린다. 계신은 현재 광주제일고등학교 1학년에 재학 중이며 매형(공영준)의 남동생이자 같은 학교 3학년 선배인 공연창의 얼굴을 떠올리고 있다.

다음 날, 우람한 체격과 호방한 성격을 가진 공장진의 초대 민선 남면장 취임식이 분향마을의 면사무소 앞마당에서 열리고 있다. 옷 잘 입기로 소문 난 장진은 한여름에도 날아갈 듯한 양복을 입고 그 유명한 중절모를 벗으며 단상으로 나아가 취임사를 한다.

귀빈석에는 장성군수와 경찰서장, 우체국장, 분향초등학교장 등 지역의 기관장들이 앉아 있다. 장진의 평생 친구인 최동수 역시 호랑이 눈썹을 꿈틀거리며 다부진 표정으로 장진의 취임사를 경청하고 있다. 8월의 불볕 더위에도 불구하고 수백 명의 주민들이 임시로 세워진 천막에 앉아서 대중연설을 잘하는 장진의 첫 일성에 귀를 기울인다.

"존경하는 장성군수님과 내외 귀빈 여러분, 감사합니다."

광주농업학교 시절에 동아리인 변론부의 회장직을 맡을 정도로 웅변을 잘하는 장진의 명연설이 끝을 향하고 있다.

"마지막으로 저는 다음과 같은 약속을 드립니다. 저는 철없던 젊은 시절에 잠시 일제의 순사로 부역했던 사실을 부끄럽게 생각하고 있습니다. 그 이유로 저는 한국 전쟁을 통해서 반드시 지켜야만 하는 숙명적인 과업을 부여받았습니다. 그 약속을 지키기 위하여, 그리고 우리 군민 여러분께 속죄하며 봉사하기 위하여 저희 할아버지들께서 3대째 대를 이어서 창업한 천석꾼 공씨 집안의 재산 절반을 군민 여러분께 기부하도록 하겠습니다. 감사합니다."

"와! 와! 와! 와!"
짝! 짝! 짝! 짝!

참석한 주민들과 면직원들은 물론 귀빈석의 장성군수까지 모두 기립하여 우레와 같은 박수와 환호성을 보낸다. 그들이 내는 소리로 면사무소 앞마당이 들썩인다. 하지만, 장진의 좌석 좌우에 앉아 있던 최동수와 문암댁(장진의 처, 김귀례의 택호)의 낯빛은 사색으로 변하고 있다.

"공장진! 공장진!"

"공미랑! 공미랑!"

취임사 후, 자기를 연호하는 주민들의 열광적인 지지를 만끽하면서 장진은 귀빈들을 연회장으로 안내한다. '공미랑'은 이번 선거를 통해서 군민들이 지어 준 장진의 별호이다.

상대 후보자에게 압도적인 차이로 당선이 된 장진의 승리 요인은 몇 가지가 있다. 후보의 당위성과 명분에서 기선을 제압당한 장진은 한국 전쟁 후 굶주리고 헐벗은 군민들에게 금권 선거라고 해도 무방할 정도의 막대한 선거 자금을 투여했으며 장성군에서 웬만큼 산다고 소문이 난 상대 후보의 재력은 상대적으로 미미한 상태였다.

장진이 이번 선거를 위해 준비한 백마(白馬)는 집사 하 서방이 전라북도 무주까지 가서 거금을 들여 사 온 말이며 장진이 직접 '미랑(美郞)'이라는 이름을 붙여 주었다. 미랑은 선거 기간 중 모든 지역을 휩쓰는 기동력으로 상대방을 압도했다.

결정적으로 상대는 인물 면에서 장진의 적수가 되지 못했다. 맵시 있는 옷차림과 준수한 풍채의 장진이 명연설을 할 때 분위기는 역전되었으며, 선거 기간 중에는 무수한 여인들이 담장 안에서 디딤돌 위에 까치발을 하고 장진의 얼굴을 보기 위하여 안간힘을 썼다는 후문이 있었다. 빨래 터에서, 우물가에서 입소문을 통해 미랑이라는 이름의 말을 탄 장진은 '공미랑'이 되었다.

연회에 참석한 최동수의 넓은 이마에 또 하나의 주름살이 새겨진다. 최동수는 먼발치에서 시아버지의 축하연에 참석한 수백 명의 손님들을 접대하느라 친정아버지에게는 눈인사조차도 못하고 있는 큰딸 행순(장진의 큰며느리, 영준의 처)을 안타까운 눈으로 보고 있다.

'공장진이 이 친구가 자기 얼굴값 하느라고 앞으로 내 딸의 고생길만 열리겠구나!'

홀로 탄식하는 최동수의 옷차림은 장진과 달리 검소하면서 단정하다.

"어이! 동수! 한잔하시게나."

오늘의 주인공인 장진이 일부러 시간을 내서 다가와 잔을 건넨다.
술고래 장진에 비해 절제와 자기관리에 강한 최동수가 잔을 받으면서 한마디 한다.

"축하하네만, 남자가 그리 얼굴이 반반하게 태어났으니 어찌 인생에 곡절이 없겠는가? 부디, 우리 딸과 사위가 먹을 것은 별도로 남겨두시게. 아니면, 나에게 먼저 맡겨 주시게."

송곳 같은 최동수의 예리함을 25년 전, 광주농업학교 시절부터 겪어온 장진이 사람 좋은 웃음을 지으면서 대답한다.

"재물은 수단이며, 사람 목숨이 우선이라네. 나는 조상님들을 믿으며 이미 정해진 나의 운명을 따를 뿐이네."

광주농업학교 동기생 공장진과 최동수는 경쟁자이자 평생 친구이며 사돈이다.

1930년. 최동수의 동경 유학 시절.

4. 부역자

1950년 9월.

상급 부대의 전통(傳通)을 수신한 인민군 △△연대의 노연경 소위가 노심초사하고 있다. 반기별로 실시되는 사단의 사상교육에 참여할 명단을 보고하라는 명령문을 받은 것이다. 김연식 대좌의 명에 의하여 학병 포로인 공영준과 이제명을 교육 대상자로 전출시켜야 하기 때문이다.

한국 전쟁 당시에 인민군은 총정치국을 통해서 군관 및 병사들에게 사회주의 이념교육을 치밀하고 전방위적으로 진행하였다. 특히, 엘리트로 인정받고 있던 학병 포로들에 대해서는 연대장급 이상 지휘관이 직접 인원을 선발하여 소정의 집체교육에 투입시켰다. 교육을 이수한 이들은 전후방에서 참전하고 있는 인민군뿐만 아니라 작전 지역 내의 민간인들에게도 그들의 사상을 전파하기 위한 자원으로 활용하였다.

며칠 동안 뜬눈으로 밤을 새운 노 소위의 얼굴이 야위어 간다. 학병 포로인 영준을 곁에 두고 싶어 하는 영준에 대한 연정은 그녀에게 있어서 사회주의 혁명이나 조국 통일의 과업보다 중요한 과제가 되었다.

여군 막사에서 취침 전 『인민군보(人民軍報)』를 읽어 내려가던 노 소위의 눈이 번쩍 뜨인다. 그것은 사상교육대 모집 요강의 맨 마지막에 나와 있던 학병 포로에 대한 조건이다.

〈모집 요강〉

9항: 학병 포로 출신은 사상전향서를 제출해야 하며 직속 군관의 신원보증서를 필해야 한다.

인민군 △△연대장 김연식 대좌가 주둔지 이동 전, 반기별로 진행되는 사단의 사상교육대에 파견되는 군관 및 병사들로부터 전출 신고를 받고 있다. 위관급 1명, 부사관급 2명, 병사급 4명, 학병 포로 출신 1명을 포함하여 선발된 8명의 교육대상자들이 김연식 대좌의 훈시를 듣고 있다.

"조국 통일이 눈앞에 다가왔다. 상급 부대의 첩보에 의하면 우리 인민군은 파죽지세로 남하하여 이미 대구시를 점령하였고 곧이어 조선반도의 끝인 부산시를 향해 진격할 예정이다. 제군들은 특별히 선발된 우수 군관 및 병사들로서 이번 교육을 수료한 후, 총정치국을 통해 전 군으로 퍼져서 통일과업을 위한 핵심 역량을 발휘할 것이라 기대한다. 이상!"

교육 대상자 대열의 맨 뒤에 서 있는 눈매가 날카로운 이제명의 어깨 위엔 전사의 계급장이 붙어있다. 영준은 어디에 있는가?

인민군 △△연대는 전세에 따라서 남하하는 전방부대의 보급을 위하여 천안군 백석면에서 공주군 반포면으로 주둔지를 이동한다. 생기발랄한 표정의 간호 군관 노 소위는 대열의 맨 뒤에서 의약품이 실린 트럭에 선탑하고 있다. 그의 손에는 사단에서 하달된 『인민군보』가 꼬옥 쥐어져 있다.

트럭의 적재함 위에는 전사 계급의 영준이 의약품 상자에 홀로 앉아 오늘 헤어진 친구 이제명을 생각한다. 그의 왼쪽 이마를 스쳐 지나갔던 총탄의 흔적은 명의(?) 노 소위에 의하여 완벽하게 치료된 상태이다.

학병 포로 모집 요강을 읽은 다음 날 새벽, 노 소위는 영준이 이미 제출한 사상전향서를 몰래 소각하였으며 그의 사상검증 확인란에 불가(不可) 판정을 기록하여 서명했을 뿐만 아니라 교육 대상 명단에서 공영준의 이름을 제외시킨 것이다. 모든 작전을 완료한 노 소위가 떨리는 가슴을 쓸어내리며 찬물을 들이킬 때 의무실 막사 안의 괘종시계는 오전 6시 10

분을 가리키고 있었다. 새벽잠이 없는 김연식 대좌가 지휘소 후방을 순찰하다가 의무실 막사의 창문을 통하여 이른 새벽부터 분주한 노 소위의 거동을 바라보며 인자한 웃음을 짓고 있다. 노 소위는 이러한 사실을 전혀 모르고 있다.

최근 노 소위의 업무 능력이 일취월장하고 있다. 완벽한 그의 보고서와 세련된 일 처리로 연대본부의 꽃으로 발전하고 있는 노연경 소위가 연대장실에서 업무 보고를 하고 있다. 김연식 대좌가 변경된 사상교육대 명단에 서명하면서 애정 어린 표정으로 노 소위를 칭찬한다.

"이번 사상교육대의 최종 명단이로구나? 학병 포로 공영준이는 잘 있는가?"

귓불이 빨개지며 안절부절못하는 노 소위를 보면서 김 대좌가 빙그레 웃음을 짓는다. 김 대좌의 신흥무관학교 동기생인 노치영 대좌는 인민군 총정치국에서 사상교육을 총괄하고 있으며 노치영의 외동딸이 바로 노연경이다.

국내외 시사 문제와 역사에 해박하며 한문을 잘 쓰고 당시 중급 영어 회화 실력을 갖춘 의무보조원 영준의 효용 가치는 실로 대단한 것이다. 지금은 편제상 직속 상관이 된, 두 살 위의 노 소위의 핵심 참모로서 부상자에 대한 간단한 응급처치, 환자 이력 정리, 의약품 수불, 사상교육 자료 수집 및 작성 등으로 노연경과 공영준이 근무하는 의무실 막사의 등잔불이 새벽까지 불타오른다.

자의든 타의든, 한국 전쟁에서 약 5개월 동안 인민군의 소속으로 복무하게 된 영준은 부역자라는 낙인이 찍혔고, 이는 그와 그의 후손들에게 헤어날 수 없는 굴레로 작용하게 된다.

5. 구렁이

1929년 11월.

광주농업학교의 3학년 최동수는 1등을 놓친 법이 없으며 다부지고 행동거지가 반듯하였다. 항상 제일 먼저 등교하고 책상 정리를 깔끔하게 하는 근면함은 타의 모범이 되었으며 특히 일본어와 수학 성적이 매우 우수하였다.

같은 반 공장진은 통이 크고 한 주먹하는 우람한 체구로 학우들로부터 인기가 좋아 3년 동안 계속해서 학생회장에 선출되었다. 성적에 관심이 없는 장진이지만, 특히 역사 수업만큼은 집중하였으며 교내 동아리인 변론부 회장도 겸하고 있다. 둘 사이의 일화는 유명하다.

광주학생항일운동은 1929년 10월 광주에서 나주로 가는 통학 열차 안에서 일어난다. 조선의 여학생을 회롱하는 일본인 학생들과 조선인 학생들이 충돌한 것이다. 이 싸움은 광주고보와 광주중학 학생들의 패싸움으로 확산되었고, 일본 경찰은 일방적으로 일본인 학생을 편들고 조선인 학생들을 구타하였다.

이 소식이 알려지자 11월부터는 광주고보만이 아니라 광주여고보와 광주농업학교 등 광주시에 소재한 모든 조선인 학생들과 일본인 학생들 간의 집단 싸움으로 확산되었다. 일제는 학생들의 시위가 격렬해지자 광주 시내 모든 중등학교에 휴교령을 내렸으며, 시위에 참여한 조선인 학생 수십 명을 구금하였다.

당시에 광주 시내 일대를 주먹으로 주름잡던 공장진은 그의 주특기인 웅변으로 광주농업학교 학생들을 선동하여 시위와 집단 싸움에 적극적으로 참여한다. 그 과정에서 일본인 학생의 지도자 격인 사토(佐藤) 상을 한 주먹에 날려버린다.

하지만 사토 상의 부친은 일본 육군 하사관 출신으로 광주경찰서의 정보과 형사로 재직 중이었다. 공장진은 즉시 구금되었고 퇴학 위기에 놓인 큰아들을 구명하기 위하여 한약방 '위민원(爲民院)'을 일주일 동안 비운 공재택(공장진의 부친)은 경부 계급인 사토 상에게 1년 치에 상당하는 급여를 주어야 했다. 이때, 일본어에 유창한 최동수가 자진하여 통역을 담당했을 뿐만 아니라 전 학우들에게 공장진의 선처를 부탁하는 서명 운동을 펼쳐서 광주경찰서에 제출한 것이다. 그 일은 담임은 물론 학생주임까지도 후환이 두려워서 피했던 일이었다.

일제 강점기에 서울의 종로 육의전 거리에서 아동들이 뛰어놀며 부른 노래가 있다.

"떴다 보아라. 안창남의 비행기."
"내려다 보아라. 엄복동의 자전거."

하지만 1950년대 비아장터 골목길에서 맨발의 아동들이 어깨동무를 하며 부르는 노래는 이렇다. 시목마을에서 1번 국도를 따라 광주 방향으로 십 리를 가면 비아장이 나온다. 비아장은 조선 후기부터 현재까지 매월 1, 6, 11, 16, 21, 26일에 열리는 오일장으로 광산군 비아면과 장성군 남면의 주민들에게는 의류, 잡화, 채소, 곡물, 우시장, 해산물 등이 유통되는 긴요한 삶의 현장이다.

"일육엔 비아장, 사구엔 황룡장."
"비아엔 최회장, 남면에 공면장."
"똑똑한 최동수, 꽃미랑 공장진."

장진의 별호가 공미랑에서 꽃미랑으로 진화하고 있다. 비아장터의 주막집에서 아이들의 노랫소리를 듣고 있던 주민들이 막걸릿잔을 내려놓으면서 말한다.

"인물이야 공장진이라지만, 식자로는 역시 최동수지."

"당연하지. 동경 유학까지 다녀온 최동수가 아닌가?"

"그런데 천석꾼 공씨 집의 앞마당이 요즘 문전성시라며?"

"그렇다네. 재산의 절반을 내놓겠다고 했으니 동냥치들부터 상이군인, 거렁뱅이들이 진을 치고 세 끼를 모두 달라고 아우성친다니, 나 원 참."

"방죽목 창고의 쌀이 벌써 절반으로 줄었다는 말도 있네."

최동수는 광산군 비아면에서, 공장진은 장성군 남면에서 길을 걸을 때 남의 땅을 밟지 않는다는 대지주들이다. 대부분의 주민들이 소작농이었던 터라 그들의 영향력은 실로 막대하다고 할 수 있다.

공장진은 남면장 취임 후, 선거 기간의 공약대로 소작료는 물론, 사채 이자율까지 모두 절반으로 낮추었으며 굶주린 주민들을 위하여 방죽목의 쌀 창고를 개방하였다. 1961년 5·16 군사정변으로 지방자치제가 폐지되기까지 8년 동안 이어진 장진의 전성시대가 바야흐로 시작된 것이다.

하지만 어찌하랴!

장진의 남면장 취임식 날 새벽에 공씨 종갓집의 집사 하 서방은 지붕에서 떨어져 장독대에 널브러져 죽어 있는 구렁이를 소쿠리에 담아 아무도 모르게 천지동(시목마을의 뒷동산)의 포도밭에 묻어야 했다. 구렁이는 어른 팔뚝만 한 두께에 지게 작대기만 한 길이였다고 한다. 달포 뒤에야 그 사실을 들은 문암댁(공장진의 처, 김귀례의 택호)은 하 서방에게 단단히 입단속을 하면서도 간이 '쿵' 하고 떨어진다.

천석꾼 공씨 집안의 차기 후계자 공영준의 일생을 알리는 징조인가?

6. 해방구

현재의 국도 1호선은 일제 강점기에 미곡의 수탈과 식민 통치의 목적에 따라 설치되었다. 목포에서 출발하여 광주, 대전, 서울, 신의주까지 이어지는 노선 중, 광주-장성 구간에 시목마을이 위치해 있다.

1954년 겨울.

초대 민선 남면장인 공장진이 일어나 세수를 한다. 한겨울에도 한 시간을 넘기는 결벽증 환자인 장진의 세수 행사는 유명하다. 특히 공씨 가문의 집안 내력인 발뒤꿈치의 각질을 제거하기 위하여 토방 위에다 별도로 준비한 울퉁불퉁한 돌에 계속해서 발바닥을 문지른다. 안방에서는 문암댁(장진의 처, 김귀례의 택호)이 장진의 외투와 양복, 셔츠, 타이, 중절모, 구두 등을 점검한다. 이어서, 벽장 속에 있는 궤짝을 열고 백 환짜리(현재가치 일만 원) 백 장을 세어 장진의 안주머니 속에 넣는다. 장진의 애마인 미랑을 배불리 먹인 하 서방이 번쩍번쩍 빛나는 말안장을 닦고 있다.

중절모를 쓰기 전에 포마드 머릿기름을 바르고 향수를 뿌린 장진의 세련된 신사복 차림은 글자 그대로 꽃미랑이다. 백마인 미랑을 타고 1번 국도를 따라 방죽목을 경유하여 분향마을에 위치한 남면사무소에 출근하는 장진은 길에서 만나는 주민들을 볼 때마다 말에서 내려 정중하게 인사를 한다. 장진의 출근길에는 어린아이들이 계속해서 등장한다. 아니, 일부러 나와 있는 것이다. 장진은 아동들을 볼 때마다 지폐 백 환씩을 건넨다. 경조사가 있는 집에는 잠시 들러서 인사를 하고 백 환짜리 수십 장이 든 봉투를 전달한다. 장진이 앉았다 나간 자리에는 온종일 향수 냄새가 진동한다. 내근보다는 현장을 줄기차게 쏠고 다니는 장진이 퇴근길에는 방죽목 창고 앞의 주막에서 주민들과 고래술을 마시며 많은 대화를 나눈다. 퇴근하는 장진의 안주머니는 이미 텅 빈 상태이다.

밤 열 시가 넘어서야 장진이 거나하게 취하여 집으로 돌아가는 길에는 술값을 계산한 하 서방이 말고삐를 잡고 장진을 집으로 안내한다. 그러나, 장진은 절대 취하지 않았다. 그렇지 않아도 통이 큰 장진이 이처럼 재물을 바삐 탕진하는 데에는 극적인 사연이 있다. 그 사건 이후 장진은 본인에게 주어진 '숙명적인 과업'을 성실하게 수행하고 있다. 말 위의 장진은 스스로 다짐하면서 4년 전의 악몽을 떠올리고 있다.

　'재물은 수단이다. 중요한 것은 사람 목숨이다. 천석꾼 공씨 집안, 사대백년(四代百年)의 영광은 내가 마지막이로구나. 이 재물을 주민들에게 모두 나누어야, 우리 후손들이 당당하게 살 수가 있다.'

　1950년 가을.
　한밤중에 눈이 뒤집힌 진원마을(시목마을에 인접한 마을)의 강창길이 손에 죽창을 들고 AK소총으로 무장한 인민군 수십 명을 시목마을로 안내하고 있다. 공장진을 체포하기 위함이다. 강창길은 보도연맹 소속으로 한국 전쟁과 동시에 장성경찰서에 구금되었다가 극적으로 탈출하였다.

　'해방구'를 맞게 된 강창길은 그의 관점에서 볼 때, 일제 경찰에 부역하였고 소작 주민들을 수탈한 대지주 장진을 인민재판에 넘기는 데 앞장서고 있다. 일주일 전에도 공장진의 체포 작전에 실패한 인민군은 사전에 강창길로부터 시목마을 부근의 지리를 안내받았을 뿐만 아니라, 매일 술을 마시는 장진이 술에 곯아떨어진 밤중에 체포 작전을 펼치자는 제안을 수용한다. 또한, 체포 작전 병력을 2개 분대로 증원하였고 1번 국도를 포함한 예상 도주로에 매복을 준비하였다. 장진의 운명은 어찌 될 것인가?

　일주일 전, 특무상사를 포함한 5명의 인민군 무장병력이 상급 부대의 특명에 의하여 기습적으로 시목마을 공씨 종갓집의 대문을 부수고 마당으로 들어선다. 개 짖는 소리가 연달아 울리면서 쩌렁쩌렁한 평안도 사

투리가 저택의 안방으로 향해진다.

"반동분자 공장진은 즉각 나오라우!"

"당장 방문을 열지 않고 도주하려 한다면 사살하갔어!"

한밤중에 갑자기 일어난 소동에도 불구하고 실시간에 상황을 파악한 문암댁이 술에 취해서 세상모르고 잠들어 있는 장진의 코와 귀를 사정없이 잡아당기며 울목에 있던 대접 속의 찬물을 장진의 얼굴로 들이붓는다. 동시에 바깥을 향해 소리친다.

"여자가 혼자서 잠을 자고 있는데, 옷이라도 입어야 문을 열지요! 잠시만 기다려 주세요."

인민군들이 토방을 넘어서 마루까지 올라오는 군홧발 소리가 들려온다. 문암댁에게 찬물 세례까지 받은 장진이 눈을 껌벅거리다가 계속해서 정제문 쪽으로 등을 떠밀며 눈짓하고 있는 부인의 상기된 표정을 보고, 취중에서도 사태를 짐작했는지 거구의 몸집을 날린다. 안방에서 정제로 내려가 나뭇간의 뒷문을 이용하여 대밭 속으로 신속하게 도주한 것이다.

순간, 걸어 잠긴 안방 문의 창호지를 뚫고 두 개의 총구가 방안으로 쑥 들어온다.

철컹!

푸우욱!

시간을 끌고 있다고 의심한 인민군들이 다급하게 밖에서 안방 문의 고리를 따고 문을 열어젖히면서 수색용 후레쉬를 비춘다. 작은 체구의 문암댁이 풀어진 머리카락에 비녀를 끼면서 호롱불을 켜고 있다. 장진이 자고 있었던 흔적은 이미 감쪽같이 사라진 상태이다. 호롱불보다 환하게 반짝이고 있는 김귀례의 눈빛에 가득 찬 기지(機智)가 한 차례 장진을 살린 것이다.

7. 시목마을

1975년 5월.

전라남도 장성군 남면 분향마을에 위치한 분향초등학교 3학년 교실에서 공충식과 학우들이 담임선생인 최근수로부터 하교 전에 말씀을 듣고 있다.

"중간고사 보느라 모두들 고생했다. 내일부터 일주일 동안은 모내기를 위한 농번기 방학이다. 집에서 놀지만 말고 부모님의 농사일을 열심히 돕고 다음 주 월요일에 다시 학교에 나오도록 한다. 그리고, 오늘 나눠준 성적 통신표에 부모님 도장 받는 것 잊지 말도록. 이상이다."

"급장!"

담임선생의 호명에 급장 충식은 자리에서 벌떡 일어나서 큰소리로 구령을 한다.

"전체, 차렷! 선생님께 경례!"

선생님이 교실에서 나가기를 기다렸던 10세의 소년들이 고사리손으로 책보에 책과 도시락을 싸서 둘러메고, 뒤질세라 썰물처럼 교실을 빠져나간다. 그들의 복장은 대부분 허름한 셔츠와 카키색 쫄바지에 양말도 없는 검정 고무신이 전부이다.

1970년도에는 국민의 80% 이상이 농민이었던 만큼, 벼농사의 시작을 알리는 모내기는 범국가적인 차원에서 행해졌으며 민관군 모두가 지원하였고 심지어는 초등학교 학생들에게도 농번기 방학을 줄 정도였다.

분향초등학교에서 시목마을까지의 십 리 길을 십여 명의 아동들이 재잘거리면서 걸어가고 있다. 농로 주변의 드넓은 호남평야의 논에서는 모내기하는 농부들의 남도 들노래가 구성지게 들려온다.

"모혜라 몬들, 모혜라 몬들."

"우리가 지금 모를 심고, 6, 7월에는 지심을 메고
8, 9월에는 추수하여, 우걱지걱 실어다가
가상치 탕탕 두드러서, 물 좋은 수양조침에
얼그덩덩 방아를 찧어서, 선영봉제사 잡순 후에
나머지 군량미 저축하세."

"모혜라 몬들, 모혜라 몬들."

분향초등학교에서 시목마을로 이어지는 호남평야의 논두렁에 앉아 잠시 휴식을 취하는 농민들이 새참과 막걸리를 마시고 있다.

"어라! 저기 맨 앞에 걸어오는 아이가 공영준이 아들 맞지?"

"워메! 참말이시, 어린놈이 지 아비를 그냥 빼다 박아부렀구만!"

"그 천석꾼 공씨 집안도 이제는 완전히 망해부렀다면서?"

"그게 언제적 애긴가?"

"저기 '평밭동'이며. 바로 앞의 '장배미'며. 여기 '술빠지'의 전답이 남김없이 공 면장 시절에 다 팔려나간 게지."

시목마을 서쪽 끝에 위치한 공씨 종갓집은 웬만한 산골의 초등학교보다 넓다. 하교하는 충식의 발소리를 들은 검은 '쫑'이 대문을 박차고 번개처럼 달려 나와 꼬리를 흔들며 길바닥에 누웠다가 일어서고, 앉았다가 다시 드러누우면서 온갖 교태를 다 부린다. 충식은 엄마인 '쫑'과 그 뒤를 따라서 달려오는 대여섯 마리의 강아지들의 머리를 쓰다듬고 볼을 비비는 등 신나게 인사를 나누고 대문으로 들어선다.

"학교 다녀왔습니다."

충식은 먼저 정제(부엌) 방을 열고 중풍으로 누워있는 할아버지 장진에게 인사한다. 장진은 거동이 불편함에도 불구하고 오늘도 귀여운 막내 손자를 위하여 들려줄 옛날이야기를 준비해 놓았으며 아무도 모르게 곶감 한 개도 숨겨놓고 있었다.

저녁 식사 후, 공씨 종갓집의 안방에서 당주(堂主)인 영준이 셋째 아들인 충식이 당당하게 꺼내놓고 간 성적표에 도장을 찍으면서 행순에게 말한다.

"막둥이란 놈이 반에서 1등을 했구만. 내 친구 최근수가 담임이라 은근히 걱정했는데, 다행스럽게 체면은 섰네."

부친 영준의 체면을 살릴 정도의 성적밖에 올리지 못한, 반 일등의 충식은 부모로부터 아무런 칭찬도 듣지 못한다. 10세의 소년 충식도 전혀 기대하지 않았다. 전교 1등의 형과 누나들도 막내 충식이 받아온 성적표를 당연한 것으로 취급하였다. 1970년대 농촌의 초·중학생들이 공부를 잘한다는 것은 누가 집중력과 기억력이 있느냐의 문제이다. 방과 후에 별도로 공부를 한다는 것은 현실적으로는 거의 불가능한 환경이기 때문이다.

시목마을은 500여 년 전에 밀양박씨가 터를 잡아 살았다고 한다. 뒤에 수원백씨와 능성구씨가 다음으로, 한양조씨와 곡부공씨가 차례로 들어왔다. 본래의 마을 이름이 감나무정(쟁)이이었다. 이는 마을 가운데 큰 감나무가 있고 주위에 감나무가 많아서였다고 한다. 따라서 순수한 우리말로 감나무정이를 한자로 쓰면서 시목(柿木)으로 표기한 것이다.

1976년 여름, 시목마을 공씨 종갓집의 하루가 시작된다.

구구~우우, 구구구구.

구구~우우, 구구구구.

새벽부터 일어나 대가족의 아침을 준비하는 봉남댁(공영준의 처, 최행순의 택호)이 버들키의 부채질을 마치고 걸러낸 쭉정이나 티끌, 뉘로 모이를 주기 위하여 닭을 불러 모은다. 거대한 몸집의 장닭 한 마리를 앞세우고 씨암탉 대여섯 마리와 병아리들까지 모두 달려 나와 토방 위에서 봉남댁이 뿌려주는 모이를 먹느라 아우성이다.

정제 안에서는 15인분의 쌀이 뜨거운 가마솥 안에서 뜸을 들이며 쉬잇 소리와 함께 김을 뿜어내면서 익어가고 있다. 정제 안의 둘째 딸 연라(고1)와 셋째 딸 현옥(중2)이 수다를 떨면서 반찬을 담고 있다.

광산군 비아면 봉산마을 최씨 집안의 장녀인 행순이 공씨 가문으로 시집온 지 벌써 20년 이상이 지났다. 부러울 것 없는 땅 부잣집 최동수의 슬하에서 눈에 넣어도 아프지 않을 만큼 곱게 자라 온 행순은 천석꾼 공씨가의 막차를 탄 5대 종부(宗婦)이다. 40대 초반의 중년이 되어버린 행순의 행색은 남루하지만, 눈빛만큼은 여전히 부드럽고 아름답다.

부지런한 둘째 문식(초6)이 제일 먼저 일어나 마당을 쓸고 있다. 문식은 집에서 키우는 모든 가금류의 사육을 알아서 책임지고 있다. 닭 이십여 마리, 오리 삼십여 마리, 돼지 네 마리, 토끼 여섯 마리, 염소 세 마리, 검은 '쫑'과 강아지 여섯 마리 등에게 일일이 먹이를 준다.

동물 농장이라고 해도 무방할 정도로 공씨 종갓집에서는 수많은 가축들을 사육하고 있다. 개를 제외한 대부분의 가축들은 모두 식용을 위함이다. 조상 대대로 불교를 믿고 있던 공씨가에서는 개에 대한 식용은 철저히 금기시되고 있다.

밤새 서리를 당하지나 않았는지 매일 닭과 오리의 숫자를 세어본 후에 살림꾼인 문식이 텅 비어있는 외양간을 지나다가 생각한다.

'옛날에 외양간에서 살았던 황소 3마리와 송아지들은 어디로 갔을까?'

공씨가의 6대 종손인 은식(고3)은 아랫방을 혼자 차지하고 있으며, 막내인 셋째 아들 충식(초4)은 정제 방에서 거동이 불편한 할아버지(공장진)의 옆에 누워있다. 서울에서 우체국에 다니는 큰딸(현라)을 제외한 5남매의 도시락까지 준비하는 행순의 손이 바삐 움직인다.

"막둥아! 할아버지 진지 드려야지."

충식이 소박하지만 정성이 담긴 밥상을 들고 정제 방으로 향한다. 오년 전, 장진은 중풍으로 쓰러진 후, 안방에서 정제 방으로 옮겨졌으며 당주인 영준은 부친의 간호를 위하여 막내 충식을 정제 방에서 같이 생활하게 하였다. 충식은 그때부터 장진의 세수, 방 청소, 식사, 의복 등을 책임지는 일상생활 도우미의 역할을 하게 된 것이다.

책 읽기를 좋아하는 충식은 스스로 지원하여 방과 후 학교의 도서관

정리를 담당하는 역할을 한 덕분에 분향초등학교 도서관의 동화책을 거의 정복한 상태라서 하교 후에는 할아버지인 장진에게 매일 옛날이야기를 해 달라고 졸라댔다.

젊은 시절에 대중을 선동시켰던 수준급의 달변가인 장진은 어린 손자에게 백이십 년 전부터 시목마을에 자리 잡게 된 공씨가의 유래와 대대로 일어났던 일화들을 알기 쉽게 이야기한다. 어린 충식은 동화책보다 더 재미있는 할아버지의 수많은 이야기들을 들으면서 '내가 나중에 크면, 이 모든 내용을 책으로 써야겠다.'라고 다짐했다.

두 눈을 반짝거리며 이야기를 듣는 충식을 만족시키느라 장진은 거동이 불편한 가운데에서도 혼자 있는 시간에는 볼펜과 공책을 준비하여 과거의 일화들을 기록하곤 했다. 충식을 충분히 열광시키고도 남았던 장진의 이야기들은 1970년대 이야기 할아버지 역할의 성우인 '구민'이 출연하던 라디오 방송의 어린이 프로그램인 〈무지개 마을〉보다 더 재미있었다.

곡부공씨(曲阜孔氏)가 장성군에 정착한 것은 조선 중엽으로 '하늘이 내린 공효자'의 역사적 사실에서 그 유례를 찾아볼 수 있다.

　'공필장(孔弼章)'은 인조 때 마산마을에서 태어났는데 어려서부터 효성이 지극하여 저녁엔 2~3차례 부모님 방에 불을 때 드렸고 부친이 병으로 눕자 무명지를 단지하여 소생토록 하였으며 얼마 후 돌아가시자 3년간 시묘살이를 하던 중 산소 주변 소나무에 송충이가 번져 계속 잡아도 끝이 없자 이를 자신의 정성 부족이라 한탄하며 슬피 우니 산천의 새들이 날아와 송충이를 잡아먹기도 하고 풍정제(마산방죽)에 떨어뜨리니 풍정제의 파란 물이 빨갛게 되었다고 한다.

후세에 이를 기리기 위하여 세운 공필장 효행비는 지금도 장성군 남면 녹진리 201번지인 마산마을에 현존한다.

120여 년 전, 의금부 도사의 벼슬을 정리하고 낙향한 공병후(공장진의 증조부)는 마산마을에서 남동쪽으로 십 리 정도의 거리에 위치한 시목(柿木)마을로 터를 잡아 분가하였다. 천지동이라고 불리는 동산의 남향으로 펼쳐진 울창한 대나무밭 아래에 현재의 공씨 가옥이 최초로 건축된 것이다. 물론, 이후에도 공씨 가옥은 수차례의 중축 및 개축 과정을 거치게 된다.

대나무는 "대쪽같다."라는 말처럼 지조와 절개를 상징할 뿐만 아니라 붓대, 담뱃대, 낚싯대, 어구, 발, 바구니 등의 생필품으로 사용되었으며 공씨가의 후손들은 매년 봄 죽순으로 만들어지는 된장국과 나물을 섭취하며 확장력 강한 대 뿌리처럼 번창하게 되었다.

시목마을의 북서쪽으로는 기름진 논이 펼쳐져 있고 냇가를 건너기 전에는 정자가 하나 세워지게 되는데 시목마을에 있는 정자라 하여 '시정(柿亭)'이라 불렸다. 나중에 공병후의 아들인 공계열(공장진의 조부)이 이 시정을 자주 이용하여 책을 읽고 후학을 양성하는 서당의 별채로 사용하자 사람들은 공계열을 '야정(野亭) 선생'이라 불렀다. 야정이라는 호는 후일 공계열의 증손자인 공영준이 물려받는다.

공장진의 부친인 공재택은 10대의 나이에 산길을 가다가 독사에 물려서 큰 어려움을 겪었다. 19세기 조선 말기에 별다른 의약 처방이 없던 터라 민간요법과 인접한 광산군의 반촌마을에 있는 한약방의 치료를 받고 겨우 완쾌한다.

그 후, 재택은 성리학자인 부친의 기대와는 달리 한의학을 연구하였고 나중에는 백성들을 위한다는 뜻의 한약방 '위민원(爲民院)'을 개원하였으며 수많은 저서를 저술하였다. 약 효과가 영험하다고 소문이 난 위민원은 장성군은 물론 인접한 광산군, 담양군에까지 유명세를 타면서 천석꾼 공씨가를 완성하는 데 기여했다.

8. 위장 강도 사건

1933년 경부에서 경시(警視)로 진급한 사토(佐藤) 상이 장성경찰서장으로 부임한다. 광주경찰서에서 정보 업무를 수행했던 사토 상은 조선의 애국지사와 사상범에 대한 사찰, 체포, 혹형(酷刑)을 자행하였으며, 특히 1929년의 광주학생독립운동에 가담한 조선의 학생들을 악랄한 수법으로 고문하고 구금하였다. 당시 광주경찰서의 경부보(警部補) 이하의 순사들에게 업무 실적으로는 영웅으로까지 칭송받았던 사토 상은 종로경찰서 고등계 순사부장인 유승운과 버금가는 활약으로 1계급 특진을 한 것이다.

작은 체구에 예리하게 찢어진 뱁새눈의 신임 장성경찰서장 사토 상이 부하들의 보고를 받으면서 업무파악을 하고 있다.

최우선 과제는 1920년부터 실시된 산미증식계획(産米增殖計畵)에 의하여 지역마다 할당된 쌀을 일본으로 이출(移出)하는 것이다.

둘째는 식민지 농업 정책으로 일본인 지주에 의한 토지 집중화를 가속화시키는 일이었으니 조선인의 농민들은 감퇴일로의 길을 걷고 소작농, 화전민으로 떨어지거나 피용자(被傭者), 노동자로 전락하였으며, 여기에도 끼지 못한 많은 농민들은 일본, 중국으로 유망(流亡)의 길을 떠나 이주하였다.

셋째는 '불령선인'들의 독립운동을 막는 것이며 비공식적인 마지막 관심사는 본인의 우월적 지위를 이용하여 부를 축적하는 것이다.

'정보통' 주특기인 사토 서장이 장성군 관내에 거주하는 요시찰 대상자 명부를 살피다가 낯익은 자료를 발견하고 눈을 크게 뜬다. 그것은 4년 전, 자신에게 1년 연봉의 횡재를 가져다준 광주농업학교 3학년 공장진의 자료이며 당시 광주경찰서 정보 담당이었던 자신이 직접 작성하여 장진의 주소지인 장성경찰서로 이첩한 보고서였다. 사토 상은 본인이 직접 작성한 내용을 다시 한번 읽어본다.

〈정보 보고서〉

수신: 장성경찰서장

제목: 요시찰 대상자 공장진에 관한 건

인적 사항: 별첨

내용: 상기자는 1929년 11월 광주농업학교 3학년에 재학 중, 동학생들을 선동하여 폭력 시위를 주관한 전력이 있음.

기타: 장성군에서 영향력 있는 재력가이자 한약방 '위민원'의 원장인 공재택의 장남임.

1929년 00월 00일 광주경찰서 경부 사토(서명)

그리고 천부적으로 예리한 촉수를 가지고 태어난 사토 상이 신중하게 들여다보고 있는 미결 사건이 또 하나 있었으니, 이른바 '위민원 강도 사건'이 그것이다. 거금 1만 원(현재가치 1억 원)의 현금이 강탈된 엄청난 사건으로 세간의 큰 화제가 되었으나 아직까지도 범인을 찾지 못한 사건이다.

위민원 강도 사건의 조사 서류를 꼼꼼히 살펴본 사토 상의 눈초리가 빛난다.

'필시 곡절이 있다. 재조사해야겠다.'

'거물 체포' 내지는 '거금 확보' 등의 사유로 사토 상의 머리가 빛의 속도로 회전하고 있다.

1894년, 고종 31년에 일어난 동학농민운동은 전라도 고부군에서 일어난 민란에서 비롯되었다. 전라도는 물산이 풍부한 곡창 지대로 국가재정도 이 지역에 크게 의존하고 있었을 뿐만 아니라 조선 전 시대에 걸쳐 수탈의 대상이 되어 농민들은 항상 탐관오리의 가렴주구에 시달리고 있었다.

고부, 고창, 장성으로 확대되는 동학운동의 장성군 북이면 사거리의 집강(執綱, 동학운동 당시 고을의 책임자) 역할을 했던 노재민의 부친과 위민원장 공재택의 선친(공계열)은 둘 다 성리학을 연구하는 학자로서 교분이 두터운 사이였으며, 당시 공계열은 시목마을에서 서당을 운영하던 터라 노재민과 공재택은 공계열 훈장으로부터 수년 동안 동문수학한 사이이다.

동학운동 당시 노재민의 부친은 시목마을까지 통문(通文)을 보냈으며 우금치 전투에 참전한 후, 일제의 탄압을 견디지 못하고 솔가하여 남만주 신홍으로 향할 수밖에 없었다.

일제의 피 말리는 수탈을 받고 있던 장성군의 민초들이 쉬쉬하면서 숨기고 있는 이른바 '위민원 위장 강도 사건'의 전말은 이렇다.

1920년 봄, 장성군 북이면 출신의 노재민이 약재 장사치 행색으로 옛 친구인 위민원장 공재택을 찾아와 하루를 묵으면서 심야에 은밀하게 밀담을 나누고 있다.

"내달 초파일 부처님 오시는 날에는 일제 순사들이 모두 백양사 근방으로 집중하여 근무할 것이라 보네. 그날 자정에 나와 동지들이 위민원으로 찾아올 것이네."

노재민이 말을 이어간다.

"독립 자금 납부 영수증은 따로 없다네. 내가 신흥학교에 비치된 장부에 그대의 이름을 꼭 기재하겠네. 위민원장! 그대가 준비한 자금은 신흥무관학교 생도들의 학비가 될 것이고, 만주에서 목숨 걸고 투쟁하는 애국 동지들의 군자금이 될 것이야."

공재택은 친구이자 5년 연배인 독립운동의 자금책인 노재민이 떠나간 다음 날부터 한 달여 동안 시목마을 서북 방면으로 펼쳐진 '장배미'와 '평밭동' 일대의 전답을 비밀스럽게 매각하여 현금을 준비면서 고민에 빠진다.

'분명 일제 경찰들이 거금을 현금으로 집안에 보관한 사유를 철저히 조사할 텐데.'

며칠 동안 머리를 싸매던 재택이 선친의 기일에 맞추어 제기를 손질하는 위민원댁(공재택의 처, 진원박씨의 택호)의 뒷모습을 보다가 무릎을 치며 기뻐한다. 재택은 거간꾼에게 2만 원(현재가치 2억 원) 상당의 전답을 비밀리에 매각하면서 한편으로는 장성읍 단광리의 유명한 지관 허씨를 긴급히 초청한다. 허씨는 장성군 일대에서 산소 자리를 잘 보기로 꽤 이름이 난 지관이다. 재택은 지관 허씨를 사랑방에 기거하게 하고 모든 비용을 지불하면서 장성군, 담양군, 광산군 등을 돌면서 명당자리를 찾게 했다.

"허 지관! 돌아다니면서 이번에 우리 공씨 집안에서 산소 작업을 크게 벌릴 거라고 소문을 내주어야 하네. 물론 그에 소요되는 비용은 아낌없이 지원하겠네."

독립 자금 1만 원을 마련하기 위하여 전답을 남모르게 매각하고 한편으로는 예상되는 일제 경찰의 조사에 대비하여 자금 출처의 정황 증거를 치밀하게 준비하는 공재택의 전략이 빛을 발하고 있다.

천석꾼 공씨 집안의 상징은 세 가지가 있다.

1만 원(현재가치 1억 원)의 거금을 들여서 담양군 대전면 삼인산 정상에 완성된 산소는 조상을 숭배하고 후손의 번창을 기원하는 가문의 명예가 있으며,

한약방 위민원은 당시 열악한 환경의 백성들에게 의료 행위를 함으로써 사회봉사를 실천하였고,

위민원장의 큰아들인 공장진의 세대에 대규모로 증축되는 방죽목의 쌀 창고와 건조장은 글자 그대로 천석꾼의 부를 상징하고 있다.

독립 자금을 남몰래 후원한 공재택은 천석꾼 공씨 집안의 기업을 현실적으로 완성하면서 지역의 명문가로서 이름을 드높이게 된다.

1920년 음력 4월 8일 위민원 강도 사건으로 공재택은 현금 1만 원을 강탈당했으며, 장성경찰서 형사들의 수십 일 간의 치열한 조사에도 불구하고 사건은 미궁에 빠졌다.

동시에 시목마을에서 삼십 리 거리에 있는 담양군 대전면 삼인산의 정상에 공씨가의 산소가 완성된다. 산 정상에서는 탁 트인 호남평야의 넓은 곡창지대가 한눈에 보인다. 산소가 있는 병풍마을의 B 씨는 이 산소를 관리하는 대가로 재택이 매입한 토지를 무상으로 사용하게 되었으며 현재까지도 사용 중이다. 당시에 최고급 석관을 준비하였으나 산소 자리를 2m가량 파자 평평한 자연석이 드러났으니 공사하던 모든 사람이 천하의 명당이라며 혀를 내둘렀다고 한다.

9. 인연 삼대(三代)

    지린성 퉁화현 광화진(吉林省 通化縣 光華鎭, 옛 합니하)에 위치한 신흥무관학교(新興武官學校)는 1910년 신민회의 이회영, 이시영 등이 남만주에 신흥강습소를 조직하였는데 신흥중학으로 개칭하였다가 1919년 신흥무관학교로 개칭했다. 1920년 폐교 시까지 졸업생 2,000여 명을 배출하여 독립군 양성에 크게 기여했다.

    전라도 장성에서 동학운동을 하다가 남만주로 이주한 노재민의 부친은 신흥강습소의 본관 건물을 세우는 일에 실무자로 참여하게 되었으며 본관의 설립 이후에는 학교를 운영하는 데 필요한 막대한 경비와 인력을 확보하기 위하여 각 촌락을 전전하면서 자금책의 역할을 하였다.

    1920년 가을. 신흥무관학교 연병장.

    "신대한국 독립군의 백만 용사야. 조국의 부르심을 네가 아느냐.
삼천리 삼천만의 우리 동포를 건질 이, 너와 나로다.
나가 나가 싸우러 나가. 나가 나가 싸우러 나가.
독립문의 자유종이 울릴 때까지, 싸우러 나아가세."

    우렁찬 〈독립군가〉의 제창 속에 신흥무관학교의 마지막 생도들의 졸업식이 진행되고 있다. 일제의 가중되는 탄압과 각종 사고, 경제적인 어려움 속에서도 10년 동안 명맥을 유지해온 신흥무관학교가 폐교를 눈앞에 둔 것이다. 장교반 6개월 동안 문무를 겸비한 자랑스러운 300여 명의 조선 독립 전사들의 결기와 비장한 각오 속에 남만주의 찬바람도 고개를 숙인다.

    학부모석에 앉아 있는 노재민이 사관생도 과정을 수료하고 졸업식에 참석하고 있는 자랑스러운 아들의 모습을 보면서 감격의 눈물을 흘린다. 어린 시절 부친의 손을 잡고 일본군에 쫓겨 남만주까지 들어와 정착한 노재민은 이미 세상을 하직한 부친의 독립운동 자금책의 역할을 이어받았으며 외아들인 노치영을 유일한 희망으로 삼고 살아왔다. 약관을 갓 넘긴 노치영의 옆에는 부드러운 인상의 동기생 김연식도 함께 졸업식에 참석하고 있다.

꽹쾌 쾡쾠 쾌쾡쾌쾌, 쾌쾌 쾡쾡 쾌쾡쾌쾌(땅도 땅도 내 땅이다. 조선 땅도 내 땅이다)!

졸업식을 축하하기 시연되는 사물놀이패의 꽹과리 소리를 들으면서 노재민은 다시 한번 부친의 유언을 생각하고 있다.

"나의 유골은 조선 독립 후, 고향 장성으로 옮기거라!"

노재민은 자신의 대에 이루지 못한 선친의 유언이 이제 3대를 거쳐서 아들인 노치영의 시대에는 반드시 이루어질 것이라 확신하고 있다.

"내 아들 치영아, 축하한다. 부디, 자랑스러운 할아버지의 유훈을 가슴 깊이 새기도록 하여라!"

멋진 제복 차림의 노치영이 부사(독립군 초급 장교의 계급, 현재의 소위) 계급장을 번쩍거리며 재민에게 거수경례를 하고 있다. 할아버지와 아버지의 동학운동, 독립투쟁사를 잘 알고 있는 노치영이 굳은 결심을 하면서 입술을 꾹 깨문다.

이들 사관생도 졸업생 300여 명은 나중에 홍범도(洪範圖)의 부대와 연합하였고 김좌진 부대의 뒤를 따라 대한독립군단 결성에 참가하게 된다.

강산이 세 번이나 바뀐 1950년, 한국 전쟁.

인민 해방군 노치영 대좌가 총정치국의 임시 주둔지인 정읍에서 지프를 타고 장성군 북이면 사거리로 향하고 있다. 선친으로부터 수없이 전해 들은 뿌리(집터와 산소)를 찾아보기 위함이다. 지프의 뒷좌석에는 비단에 싸인 두 개의 유골함 도자기가 소중하게 보관되어 있다.

공장진이 인민군에 의하여 체포되었다는 소식은 삽시간에 퍼져나갔다. 이 소식은 비아장터를 통해서 봉산마을의 최동수에게까지 전해진다. 전쟁 중이지만 시골 농민들은 큰 동요 없이 농사를 지으며 평상시의 생활을 하였으나 그들의 생사여탈권을 쥐고 있던 대지주 공장진의 체포 소식은 보통 일이 아니었다. 인민군의 앞잡이를 한 강창길이라는 사람은 진원마을에서 작년까지만 해도 천석꾼 공씨가의 소작인들을 관리하는 마름 역할을 했던 사람이며 어린 시절에는 수촌마을의 서당에서 공장진과 동문수학을 했다는 소문도 돌고 있다.

인민군에 의해서 장성경찰서로 압송된 공장진은 구금되었고 며칠 동안 인민군으로부터 철저한 조사를 받는다.

'사상, 재산 형성 과정, 소작 현황, 친일 순사 부역 경위 등.'

거물의 체포와 1차 조사 결과는 전령을 통해서 정읍에 주둔하고 있는 총정치국으로 보고된다. 인민재판은 총정치국 소관이기 때문이다. 장성 사거리에서 잠시 시간을 내어 개인적인 일을 처리하고 부대로 복귀한 노치영 대좌에게 부관이 긴급한 현안에 대하여 업무 보고를 하고 있다. 주요 내용을 파악한 노치영 대좌가 명한다.

"체포된 반동분자는 이틀 후에 그의 상징인 방죽목 쌀 창고에서 재판에 회부한다! 이 조사 기록은 본관이 다시 한번 검토하겠다."

부관이 집무실에서 나가자 조사 서류와 책보에 싸여있는 증거물을 살피기 시작하는 노치영 대좌가 상기된 표정을 지으며 혼잣말로 중얼거린다.

"공장진이라고? 설마."

공장진의 조사 기록을 단숨에 읽어 내린 노치영 대좌가 책보가 풀어헤쳐진 채로 놓여 있는 위민원 간판을 내려다보면서 분노로 이글거리는 눈빛으로 길게 탄식한다.

'호부견자(虎父犬子)로다! 부친과 함께 신흥무관학교의 독립군 양성을 위해 위험을 무릅쓰고 독립 자금까지 마련했던 위민원의 자손이 일제 경찰이었다니!'

노치영은 독립운동가인 부친으로부터 할아버지 시절부터 시작된 양 집안의 교류와 부친(노재민)과 위민원장(공재택)의 동문수학, 그리고 독립 자금 마련을 위한 위장 강도 사건을 잘 알고 있었다. 또한, 시간을 내어서 시목마을의 위민원을 방문할 생각이었다. 새벽까지 고민에 고민을 더하는 노치영 대좌의 책상 위에 놓인 재떨이에는 담배꽁초가 수북하게 쌓인다. 어떤 결심을 마친 노치영 대좌가 충혈된 눈을 크게 뜨면서 부관을 호출한다.

"본관이 별도로 지시하기 전에 공장진 건에 대해서는 당 중앙위 보고를 잠시 보류하도록!"

노치영은 부관에게 추가로 두 개의 명령을 하달하고 지프에 올라탄다.

"장성경찰서로 가자!"

노치영 대좌의 지프가 출발하자 부관은 직속 상관의 특명을 수행하느라 정신이 없다. 내일로 예정된 인민재판을 연기하는 행정 처리와 총정치국 산하 요원 10여 명을 여러 대의 지프에 태워 장성군 일대로 급파한다. 지프 안에는 수개월 동안 우수한 성적으로 사상교육대의 교육을 수료한 이제명이 날카로운 눈빛으로 서류를 검토하고 있다.

노치영은 1차 조사의 내용이 실제로 맞는지 공장진의 활동 무대인 장성읍, 남면, 진원면, 황룡장터, 비아장터 등에 현지 조사를 명한 것이다. 기한은 오늘 하루였다. 노치영 대좌가 특히 강조한 내용은 공장진이 일제 순사로 부역한 경위, 일제 순사로 재직 중 반민족적 행위가 있었는지와 강창길에 대한 행적, 그리고 공씨 집안을 바라보는 민초들의 인심이었다.

장성경찰서장실 안에서 일곱 살 연상인 노치영 대좌와 공장진의 운명적인 대면이 이루어지고 있다. 공장진은 노치영이 누구인지 전혀 알지 못한 채이다. 공장진은 노치영 대좌의 배려된 아침 식사 후, 수갑과 포승줄이 풀린 평상복 차림이다. 노치영이 떨리는 음성을 감추며 첫 일성을 날린다.

"일제의 순사로 부역한 경위가 무엇이냐?"

공재택과 노재민, 공장진과 노치영 그리고 공영준과 노연경까지 이어지는 삼대의 인연이다.

10. 폭력 사건

홍선대원군은 전라도를 돌아다니면서 아름다운 인정과 풍요로운 자연을 보고 '팔불여(八不如)'를 말했다.

'호불여영광(戶不如靈光)'은 열심히 살아가는 모습은 영광만 한 곳이 없다는 말이다.
'곡불여광주(穀不如光州)'는 곡식은 광주만 한 곳이 없다는 말이다.
'지불여순천(地不如順天)'은 기름지고 풍성한 땅은 순천만 한 곳이 없다는 말이며 '결불여나주(結不如羅州)'는 세금 거둬들이는 곳은 나주만 한 곳이 없다는 말이고 '인불여남원(人不如南原)'은 인물 많기로는 남원만 한 곳이 없다는 말이다.
'전불여고흥(錢不如高興)'은 돈 많은 곳은 고흥만 한 곳이 없다는 말이다.
'여불여제주(女不如濟州)'는 여자가 많기로는 제주만 한 곳이 없다는 말이다.
'문불여장성(文不如長城)'은 문장가는 장성만 한 곳이 없다는 말이다.

문향의 고장 장성에는 모고재의 전설이 있다.
장성읍에서 남쪽인 광주 방향으로 십 리가량을 내려오면 해발 120m의 고개인 '못재'가 있는데, 이 재에는 한 나무꾼 청년이 늙은 어머니를 극진히 모시고 살고 있었다. 어느 날 한낮에 나무 한 짐 해 가지고 오는데 깊은 골짜기에서 아리따운 여인이 빨래를 하다가 청년에게 다가와 하는 말이 있었다.

"내일이면 당신의 어머니는 죽을 것이오."

"뭐라고요? 아니, 그게 무슨 말이오. 그런 사실을 안 이상 무슨 방지하는 방법도 알고 있겠구려? 제발 나에게 알려주시오."

깜짝 놀란 청년이 처녀에게 애원하자 처녀가 말한다.

"호랑이가 내일 정오에 당신의 어머니를 해하러 갈 것이요. 그 전에 마당에 흰죽 한 동이를 쑤어 놓고 꼭 옆에 어머니 옷을 입힌 허수아비를 세워놓는 거요. 그러나 만약에 그 허수아비를 가져가지 않으면 어머니를 데려갈 것이요. 그 허수아비를 가져간다면 어머니는 편하리라."

집에 돌아온 청년은 처녀가 하라는 대로 준비해 놨다.
정오가 되자 큰 호랑이 한 마리가 들어와 마당을 몇 바퀴 돌더니 죽통을 들이마신 후에 허수아비를 물고 집을 나갔다. 청년은 얼마나 기쁜지 어머니를 얼싸안고 울며 사실 이야기를 하니, 어머니도 "너의 효성이 지극하여 신령님이 도와주었구나." 하며 흡족한 웃음을 지으셨다. 그 후로 모자는 오래도록 행복하게 살았다. 이 소식을 들은 사람들은 총각의 효성이 맹수를 감복시켰기 때문이라며 총각 이름을 '목호(牧虎)'로 부르고 이 고개를 '목호재'라 불렀다. 그런데 세월이 흐르는 동안 '목호재'가 '모고재'로 변했다가 사람의 입에서 입으로 전해 옴에 지금은 '못재'라 한다. 지금도 여기에는 '목호'의 효자비가 오랜 세월 동안 풍상을 겪으면서 전남제재소 정문 옆에 묵묵히 서 있다.

이 못재를 중심으로 1번 국도를 따라 북으로는 황룡장터와 장성읍이, 남으로는 시목마을, 방죽목, 비아장터, 봉산마을이 형성되어 있다.

17세기 후반부터 일반화된 오일장의 주된 기능은 물건의 거래 및 교환뿐만 아니라 이 마을, 저 마을 사람들이 모여 정보를 교환하는 장이기도 했다. 또한, 오일장은 간혹 놀이패가 모여들어 공연을 펼치기도 하는 예술의 장이기도 하였다.

호남 지역의 대표적인 오일장으로 규모가 크고 우시장으로도 유명한 황룡장은 장성은 물론 담양·정읍·고창·영광·함평·광주 등 인근 6개 시·군의 상인들과 주민들도 이용하던 장이었으며 4, 9, 14, 19, 24, 29일에 장이 열린다.

1933년 겨울. 황룡장터 뒤편의 공터에서 십여 명의 청년들이 격렬하게 패싸움을 하고 있다. 한편은 멋진 신사복 차림에 외투와 중절모까지 눌러쓴 공장진을 포함한 4명의 남면 출신의 청년과 다른 한편은 8명의 장성읍 출신의 청년들이다. 수적인 열세임에도 불구하고 우람한 체구의 공장진이 한 주먹을 날릴 때마다 장성읍의 청년들이 맥을 못 추고 모두 쓰러진다. 쓰러진 상대 청년들을 장진의 비서격인 날쌘돌이 강창길이 제압하고 있다.

의외로 싱겁게 끝난 싸움에 몸이 덜 풀린 장진이 중절모를 고쳐 쓰고 목도리로 구두를 닦으며 쓰러져 있는 장성읍 출신의 청년들에게 호령한다.

"너희들이 황룡장 근처에 가깝게 살고 있다고 해서, 장이 설 때마다 우리 남면 주민들에게 텃세를 부려온 대가이다. 내가 또다시 못재를 넘어오면 너희들은 모두 죽은 목숨인 줄 알아라! 다른 할 말이 있느냐?"

장진의 위세에 눌린 허름한 복장의 장성읍 청년들이 모두 고개를 숙인 채 상처를 만지작거릴 뿐이다.

"그럼, 오늘은 이 정도 하기로 하고 뒤풀이 술은 내가 사기로 한다."

혈기방장한 이십 대 초반의 공장진은 남면의 주민들로부터 황룡장을 갈 때마다 장성읍 청년들이 텃세를 부리면서 장사를 방해하고 심지어 돈까지 뺏는다는 말을 듣고 화려한 성장(盛裝)을 하고 날을 잡아서 못재를 넘어온 것이다.

하지만, 남모르게 이 모든 상황을 주시하고 있는 자가 있었으니 그의 체구는 왜소하지만 찢어진 뱁새눈만큼은 매섭게 반짝이고 있다. 황룡장이 열리는 날에는 관할 구역 내 정보 소통의 장터에서 항일운동의 낌새가 있는지를 감시하기 위하여 장성경찰서의 일제 순사들이 사복 차림으로 순찰을 하고 있었으며 하필 이날 사토 장성경찰서장이 변복하고 황룡장을 찾은 것이다.

사토 서장은 즉각 일제 순사들을 동원해 황룡장 내 최고급 육점에서 술판을 벌이던 공장진 외 10여 명의 청년들을 긴급히 체포하여 경찰서로 압송시킨다. 시골 장터에서 언제든지 벌어질 수 있는 사소한 일이 사건화 된 것이다.

장성경찰서장으로 부임한 후 6개월 동안 별다른 공적이 없었던 사토 서장이 잡혀 온 청년들의 인적 사항 중 하나를 보고, 입가에 잔잔한 미소를 지으며 형사주임에게 세부적으로 지시한다.

"체포된 불령선인들의 배후에는 누가 있는지, 그들이 어떤 사상을 가지고 이번 싸움을 벌였는지, 술값 등의 자금은 누가 지원하였는지 철저히 조사하도록!"

"예!"

"형사주임! 자네도 연말에 진급 심사가 있잖아. 이번 기회에 작품을 좀 만들어 봐. 그리고, 공장진 그놈의 신체는 털끝도 건드리지 말고 별도로 지시가 있을 때까지 독방에 넣어둬!"

평소와 달리 간절한 목소리의 사토 서장이 인접한 헌병대에는 본 건을 비밀에 부치라고 별도로 지시한다.

공장진을 제외한 10여 명의 무지하고 순박한 청년들은 일제 경찰의 고문과 '쇠좆매(소꼬리 끝에 철심을 박은 일제의 고문용 회초리)'의 매질 앞에 무참하게 무너질 수밖에 없었다. 사건을 조작하고 확대하려고 하나 단순 폭력 사건 이외에는 도저히 나오는 게 없지만 그래도 악명 높은 일제의 경찰들이 억지로 만들어 낸 사건이 있었으니, 이는 다음과 같다.

내용은 황룡장 우시장을 독점하고 있는 장성읍 주민들에게 반발하여 동 시장을 차지하려는 수괴 공장진 외 조직원에 의해 기획된 폭력 사건으로 둔갑한 것이다. 단 하루 만에 사토 서장의 책상에는 한 개의 보고서가 올라온다.

'황룡장 이권 쟁탈 조직 폭력 사건'

사토 서장은 영양가 없는 공장진외 모든 청년들은 훈방 조치하고 본 건의 등급을 서장 전결사항으로 분류한 후, 형사주임을 시목마을로 내려보낸다. 영악한 사토는 10여 년 전의 '위민원 강도 사건'의 조사 일지를 서류함에서 다시 꺼내며 최근에 이슈가 되고 있는 '육군 특별 지원병 제도'의 모집 요강서도 다시 검토하기 시작한다.

일제 강점기 처음에 일제는 조선 사람들에게 무기를 주는 것은 위험하다고 판단하여 조선 사람들을 전쟁에 내보내지 않았으나 '육군 특별 지원병 제도'를 마련하여 1938년부터는 조선인을 침략 전쟁에 동원하기 시작한다. 이 제도를 위하여 치밀한 일제는 5년 전인 1933년부터 계도 기간을 적용하여 불령선인을 제외하고 일제에 협력하거나 자원하는 조선의 청년들에게 선별적으로 지원병 제도를 시행하였다.

다음 날, 시목마을에 도착한 형사주임이 장성경찰서의 건물보다 훨씬 크고 넓은 위민원을 보고 저택에 들어서기 전부터 기가 눌린다.

울창한 대나무 숲 아래 고래 등같은 청기와의 본 저택이 남향으로 펼쳐져 있으며 좌우에는 별채(공부방)와 한약방 진료실이 위치해 있다. 축구장 절반 넓이의 마당을 중심으로 우측에는 수십 개의 장독대와 연못, 정자가 있으며 좌측으로는 녹강 8개의 깊은 우물과 빨래터가 있다. 이어서 조경된 꽃밭이 있고 마을을 상징하는 감나무를 포함한 유실수 수십 그루가 심어져 있다. 대문을 중심으로 좌우측에는 사랑방, 수청방(청지기가 기거하는 방)이 위치해 있으며 측간, 두엄자리, 농기구 창고 및 축사(외양간, 돼지우리 및 가금류 시설)로 이어진다.

"손님이 왔나 보구나. 사랑에서 잠시 쉬게 안내해 주시게."

본 저택 우측의 진료실에서 환자를 진맥하던 공재택이 태연한 목소리로 청지기에게 말한다. 큰아들(공장진)의 장성경찰서 연행 소식을 당일 밤에 전해 들은 위민원장은 형사의 방문을 미리 예측하고 있었다. 기름진 식사와 두툼한 용돈을 받은 형사주임이 무릎을 꿇고 준비한 공문서(소환통지서)를 공손하게 재택에게 올린다.

"내일 방문하겠네. 내가 사토 서장과는 친분이 있으니 부담 갖지 말고 받아주시게."

11. 현지 조사

　노치영 대좌의 특명에 의하여 총정치국 요원 10여 명이 장성군 일대에서 현지 조사를 시작한다. 2명씩 조를 이룬 요원들은 책임 지역의 영향력 있는 유지나 장터의 상인들, 유명한 술집 그리고 학교나 면사무소, 우체국 등의 관공서를 돌면서 역사적 자료와 민심을 파악한다. 장성군 내의 모든 기관에는 총정치국 요원들의 긴급 업무에 최우선으로 협조하라는 전통명령이 이미 하달된 상태이다.

　영준의 동국대 법대 동기생인 이제명의 활약은 눈부시다. 부호의 아들 영준은 사실 동국대 법학과에 기여 입학을 한 경우이며 1950년 3월부터 장충동 일대의 하숙집에서 독방을 쓰면서 유학을 하고 있었다. 영준이 광주농고를 졸업한 후, 동국대학교에 기여 입학하기 위하여 장진은 전답을 매각하여 마련한 상당한 금액의 지폐를 큰 가방에 넣어서 들고 열차를 이용하여 서울로 상경하였다.

　영준이 굳이 동국대에 진학하게 된 이유는 철저한 불교 신자인 모친 김귀례의 권유였으며 동국대의 건학 이념은 "불교 정신을 바탕으로 학술과 인격을 연마하여 이상세계를 구현한다."라는 것이다.

　이제명은 동대문시장에서 채소 장사로 하루를 연명하는 홀어머니를 모시고 창신동 달동네에서 쪽방 생활을 하는 극빈층이었으나 학업 성적이 우수한 장학생으로 학비를 면제받고 있었다. 영준과 함께한 약 4개월 동안의 법학도 시절에 영준의 하숙집 독방에서 먹고 자면서 서로의 가정사를 포함한 수많은 이야기를 나누었다. 이 과정에서 제명은 부유하지만 과시하지 않고 인심이 좋으며 느긋한 성품의 영준과 절친한 사이로 발전하게 되었다.

인민군 △△연대에서 학병 포로 출신 중, 유일하게 선발되어 총정치국으로 파견된 이제명은 수개월 동안의 사상교육을 통하여 다시 태어난다. 모든 인민들은 정치적 권리와 신분의 차이가 평등하며 부르주아의 타도를 위해 프롤레타리아의 혁명이 필요하다는 확신을 얻은 것이다. 장성군 남면, 진원면으로 현지 조사를 출발하기 전에 공장진의 인적사항을 본 제명은 단번에 영준의 부친에 대한 건임을 파악하고 엄청난 충격을 받으며 고민하고 있다. 그가 수개월 동안 새로운 세상에서 깨우친 이념에 따르면 공장진은 제일 먼저 제거되어야 할 대상이었기 때문이다.

'사람의 인연이라는 것은 참으로 하늘이 정하는 것이로구나! 사람의 도리를 먼저 행하기로 하자. 영준과 나 사이에 이념이 끼어들 수는 없다. 오늘 나에게 이러한 업무가 주어진 것은 우연이 아닐 것이야. 친구의 부친을 어떻게 구명할 수 있을까?'

이제명 외 1명은 한 조를 이루어서 강창길에 대한 행적과 공장진의 재산 내역을 조사한다.

〈현지 조사 보고서〉 ❶

　제목: 강창길에 관한 요약식 보고

- 강창길은 공장진보다 두 살 위이나 어린 시절 수촌마을의 서당에서 공장진과 한문 공부를 하다가 교류하게 되었음.
- 1933년 20대 중반에 황룡장터에서 공장진과 함께 폭행 사건에 연루된 적이 있음.
- 작은 체구에 날쌔고 부지런하였으며 공장진의 배려로 진원면 일대의 토지를 소작하다가 5년 전부터는 공씨 가문의 소작농을 중간관리하는 마름의 역할을 하면서 중농층으로 부를 이루었음.

- 학업에 한이 맺힌 강창길은 독학을 하면서 상당한 분량의 사회
  주의 서적을 탐독하였고 뜻을 같이하는 동지들과 정기적인 모
  임을 하는 등의 이유로 1948년에 보도연맹으로 소속됨.
- 통일 전쟁 1년 전에 마름이라는 우월적 지위를 이용하여 홀
  로 사는 젊은 과부를 겁탈하였고 주민들에게 별도의 소작료
  를 착취하다가 주민들의 민원을 통해 세부조사를 마친 공장
  진에 의하여 마름 자리는 물론 소작 토지마저도 몰수당한
  상태임.
- 통일 전쟁 발발 후, 장성경찰서에 구금되었으나 극적으로 탈
  출하여 현재는 검속, 정보 제공, 향도 등 인민군의 작전 활동
  에 적극적으로 참여하고 있으나, 그의 거친 언어와 과격한
  행동으로 군민들의 민심은 얻지 못하고 있음.

고도로 훈련된 요원들의 현지 조사는 구체적인 증거자료와 실명을 통한 증언, 지역의 각종 시설 현황, 역사적 사실과 관공서의 기록 등을 종합하여 단 하루 만에 총정치국의 주둔지로 보고된다.

〈현지 조사 보고서〉 ❷
제목: 공장진의 재산 목록

- 시목마을 주택 2채(본 저택과 부친 공재택의 거소).
- 산소 2곳(평밭동, 담양군 대전면)과 담양의 묘소 관련 토지
  400평.
- 천지동, 평밭동을 포함한 밭 약 30,000평.
- 방죽목 일대 토지 1,000평과 쌀 창고, 창고 안의 미곡 수백
  여 석.
- 시목마을을 중심으로 사방 십 리의 호남평야에 펼쳐진 논
  약 80,000평.
- 주민들에게 빌려준 상당 금액의 채권.

- 공필장 효행비와 주변 토지.
- 기타(동산, 가금류, 비축된 곡식, 현금 등).

한국 전쟁 당시 공씨가의 재산을 정확히 수치화하기는 힘들지만, 현재의 가치로는 약 수백억 원을 상회할 것으로 추측된다.

비옥한 논 한 마지기(200평)에서는 일 년에 두 석(320kg/4가마니)의 쌀이 수확된다. 논 한 마지기(200평)의 현재가치(80,000원/㎡)는 1,600만 원이며 일 년 수확되는 쌀 320kg의 현재가치(2,250원/kg)는 72만 원이다.

이를 역으로 환산하면 쌀 천 석(160,000kg/2,000가마니)의 현재가치는 3억 6,000만 원이며 천 석을 수확하기 위한 논의 면적은 10만 평(500마지기)이 필요하며 10만 평의 논의 현재 가치는 80억 원 정도라고 볼 수 있다.

이러한 토지를 포함한 공씨가의 재산은 백 년의 세월을 걸쳐서 매년 수억 원의 추가 재산을 재창출하는 연속성을 가지고 있었다.

1년 수확량이 일천 석이면 천석꾼, 일만 석이면 만석꾼으로 불렸다. 한 석은 벼 한 섬, 쌀로는 두 가마니를 뜻한다. 천석꾼은 1년에 쌀 2,000가마, 만석꾼은 20,000가마를 수확하는 셈이다. 1930년 일제 때 조사 자료에 의하면 전국에 있는 천석꾼은 750여 명, 만석꾼은 40여 명에 지나지 않았다. 생각보다 적은 수치지만, 대다수가 배를 곯던 시절이다.

예로부터 천석꾼은 나라가 내리고 만석꾼은 하늘이 내린다고 했다. 쌀밥을 실컷 먹어보는 게 소원일 정도로 궁핍한 세월을 살아왔으니 만석꾼을 하늘이 내린 부자로 여겼을 법하다.

12. 숙명적인 과업

사토 서장과 위민원장 공재택이 장성경찰서에서 대면하고 있다. 4년 전인 1929년에 광주경찰서에서 큰아들 장진의 광주학생운동과 관련된 사건에 의한 대면에 이어서 두 번째 대면이다. 오늘따라 여러 개의 카드를 쥐고 있는 사토의 체구가 유난히 커 보이고 얼굴에는 여유가 가득하다. 반면, 궁지에 몰린 공재택이 이를 숨기며 태연한 표정으로 사토를 응대하고 있다. 사토 서장은 어제부터 오늘의 대면이 이루어질 때까지 집요하게 궁리를 하고 있었다.

'어차피 재물은 확보되어 있는데, 일회성이 아닌 화수분의 효과를 볼 수 있는 방안이 무엇일까? 정년 퇴임까지 계속해서 재물을 모을 수 있는 움직일 수 없는 장치가 필요한데.'

불안한 기색을 감추고 있는 공재택은 이미 상당 금액의 재산이 강탈당할 것이라고 각오한 상태이다.

'재물은 원하는 대로 주자. 큰아이의 몸만 다치지 않는다면.'

동상이몽의 두 사람에게 형사주임이 폭행 사건의 개요를 보고하고 관련된 조사 서류를 사토에게 넘긴 뒤에 나가자 공재택이 말한다.

"서장님! 젊은 놈들끼리 부지기수로 있을 수 있는 단순한 일인데 사건의 본질이 왜곡, 과장되었다고 볼 수 있겠습니다."

사토 서장이 기다렸다는 듯이 되받는다.

"위민원장님! 방금, 왜곡이라고 하셨나요? 미제 사건인 위민원 강도 사건에 비하면 조족지혈(鳥足之血)이라고 생각합니다."

사토 서장의 영악한 정면 공격에 공재택의 간이 콩알만 해진다. 한 시간 동안 이어진 두 사람의 밀고 당기는 협상이 끝나자 공재택이 한 장의 각서를 작성하여 서명한 후에 사토에게 건넨다. 그것으로 공장진은 석방되었고 폭행 사건은 종결되었다. 그러나, 그 협상의 대가로 20대 초반인 공장진의 운명이 바뀌게 된다.

일주일 후, 사토 서장은 장성읍 일대에 토지, 건물을 매입한다. 건물 내에는 주민들의 실생활과 관련된 주조장, 방앗간 등의 시설이 있다. 또한, 장성읍의 북쪽에 위치한 성산면에 2층짜리 일식 건물이 지어진다. 그리고 다음 해인 1934년 초에 19대 1의 경쟁을 뚫고 공장진이 일경 채용 시험(우리의 경우 9급 순경)에 합격한다. 첫 부임지는 물론 장성경찰서이다.

정년을 몇 년 앞둔 사토는 현금 유동성이 높은 시설(방앗간, 주조장)을 확보하여 부를 축적하였고 자신의 생활방식에 맞는 일식 저택을 건축하여 주거의 안락을 꾀했으며, 장성군 내에서 막대한 영향력을 가진 공재택의 장남을 억지로 일경 시험에 응시하게 하여 자기 수하에 둠으로써 확실한 '담보'를 확보한 것이다. 사토의 이러한 전략은 일제 경찰의 상부로부터 높은 평가를 받았으며 지역의 유지를 이용한 관할 구역 내의 백성들을 통치하는 수단으로 악용되었다.

사토의 명의가 된 주택, 시설 등의 모든 구입 비용을 비공식적으로 부담하게 된 공재택은 큰아들의 일경 시험 응시에 대하여 끝까지 반대하였으나 사토는 '폭력 재범'인 공장진을 육군 특별 지원병으로 넣겠다는 협박을 하였던 것이다.

사토가 정년퇴임 후, 내지(일본)로 돌아가는 1938년까지 5년 동안 공장진의 직업은 분명 '일제 경찰'이었다.

1950년 초겨울, 장성경찰서장실 안에서 오랜 시간 동안 공장진으로부터 일제의 순사로 부역하게 된 경위를 들은 노치영 대좌가 가슴을 쓸어내리며 안도의 숨을 쉬고 있다.

공장진을 면담을 마친 노치영 대좌가 장성경찰서에서 주둔지인 정읍으로 돌아와 총정치국 요원들의 현지 조사 보고서를 검토하기 시작한다. 보고서를 읽어갈수록 표정이 밝아지는 노 대좌가 흐뭇한 미소를 지으면서 혼잣말로 중얼거린다.

"그러면 그렇지! 공씨가의 장손이 조상님들의 은덕으로 다시 살아날 수 있겠구나!"

노치영 대좌가 무릎을 치며 감탄하는 현지 조사 보고서의 내용은 기대를 훨씬 넘어선 것이었다.

각종 미담 사례의 주요 내용은 다음과 같았다.

- 공훈장(공장진의 조부 공계열)의 서당 운영(무료교육 실시).
- 누구나 쉬쉬하며 알고 있는 위민원장 공재택의 독립 자금 지원.
- 가난한 백성들을 위한 위민원장의 무료 의료봉사.
- 담양 산소 완공 시 주변 마을의 도로를 개보수해준 일.
- 보릿고개의 위기에 빠진 민초들을 위한 무이자 쌀 창고 개방.
- 공장진은 사토의 함정에 빠진 비자발적 일경 취업.
- 공장진은 치안 업무 이외, 친일 행위 일체 없음.
- 매년 진남공립보통학교 장학 사업 기부.

- 분향보통공립학교 설립 자금 기부.
- 시목마을 외 남면 일대에 공동 우물 개소(10여 곳), 도로 개보수.
- 주민들의 각종 민원 지원(비용 및 관공서 업무).

모든 내용을 파악한 노치영 대좌는 보고서의 주요 내용을 본인이 직접 요약하여 작성한 후, 상위 기관에 보고했을 뿐 아니라 자신이 지휘하고 있는 총정치국의 모든 군관 및 병사들에게 회람을 시킨다. 공장진의 구명 운동을 위한 분위기 조성이다.

일주일 후, 장성경찰서장실 안에서는 약식 재판이 이루어지고 있다. 노치영 대좌와 부관이 배석한 가운데 당 중앙위 간부 1명이 공장진에게 결정문을 읽어 내려간다.

1. 공장진을 석방한다.
2. 주거지인 시목마을의 집 두 채를 제외한 모든 재산은 인민들에게 환원한다.
3. 주민들에게 빌려준 채권 증서는 즉시 소각한다.

재판 절차가 끝난 후, 공장진은 노치영 대좌에게 조부 시절부터 있었던 양가의 교류를 포함하여 한국 전쟁에 이르기까지의 모든 내용을 들었다. 마지막으로 노치영 대좌가 정색하고 공장진에게 말한다.

"자, 이제 나와 약속해 주시게. 앞으로는 모든 것을 다 내려놓고 오로지 인민들을 위해서 봉사하겠노라고!"

일제 강점기와 한국 전쟁을 통해서 공장진의 운명이 요동치고 있다. 장진은 그에게 주어진 숙명적인 과업을 어떻게 받아들일 것인가?

13. 미군의 폭격

1950년. 한국 전쟁 3일 만에 서울을 함락한 인민군은 소련의 지원 아래 우월한 병력과 무기를 이용하여서 한 달 만에 낙동강까지 남하한다. 유엔군은 1950년 9월 15일의 인천 상륙작전을 통해 전세를 역전하는 데 성공한다.

인민군 △△연대장 김연식 대좌의 주 임무는 보급품, 군수물자의 지원과 전시 비축물자 확보 및 조달업무였다. 전황에 따라서 공주군 반포면에서 조치원으로 주둔지를 남하한 △△연대 의무실에서 노연경 소위와 영준의 토론이 이루어지고 있다.

노연경 소위와 달리 대지주의 아들로 태어난 영준은 가문의 전통인 유학을 바탕으로 상식과 사회적 통념을 주장하는 법학도이다. 두 달 동안 노연경 소위로부터 사회주의 사상을 경청한 영준은 아직도 이해할 수 없는 점이 많다. 영준이 의혹을 품고 질문한다.

"토지를 국유화하려는 목적이 무엇입니까?"

"영준 동무! 한정된 토지는 개인의 소유가 될 수 없는 것입니다. 필요한 사람은 국가로부터 토지를 빌려 사용하고 그 사용료를 국가에 내야 하며 사용하던 토지가 필요 없을 때는 다시 국가에 반납하면 됩니다."

"그렇다면 이남에서 현실적으로 시행되고 있는 소작 제도와 비교해서 어떠한 장점이 있나요?"

"노동을 하지 않는 지주의 소작료 수탈은 토지를 이용한 불로소득이며 소득 불평등의 원인이 됩니다. 국유화된 토지의 사용료를 국가의 주요 재정수단으로 하는 우리 조선민주주의인민공화국은 토지의 사용료를 모든 인민들에게 공평하게 재분배하고 있습니다."

"노 소위님! 능력에 따라 일하고 필요에 따라 분배받는다는 것이 현실적으로 가능하다고 생각하십니까?"

"영준 동무! 우리 조선민주주의인민공화국은 친일을 완벽하게 청산하였고 토지의 무상 몰수와 무상 분배를 이미 완료하였으며, 악랄한 미 제국주의와 지주들의 수탈을 받는 남조선 동포들을 해방시키기 위하여 통일 전쟁을 하는 중입니다. 이 전쟁이 끝나면 토지와 경제적 재화가 모든 인민들에게 공평하게 분배될 것이며 인민들은 모두 즐거운 마음으로 능력에 따라 열심히 일할 것이라 믿고 있습니다."

"노 소위님! 우리 인간은 능력 앞에서는 불평등할 수밖에 없습니다. 게으른 자와 부지런한 자가 어떻게 같은 대접을 받을 수 있겠습니까? 오늘 우리가 열심히 일하는 이유는 그 결과를 후손들에게 남겨주기 위함이 아니겠습니까?"

노연경 소위가 영준에게 답한다.

"기회는 공평해야 합니다. 과정도 공정해야 합니다. 그렇다고 해서 그 결과물을 능력 있는 사람들이 독차지해서도 안 되는 것입니다."

"노 소위님! 조지 오웰의 『동물농장』을 읽어보셨나요?"

"물론입니다."

영준의 집요한 질문이 계속된다.

"그렇다면 공화국에는 왜 계급이 있습니까? 모든 인민은 평등하나 일부 인민들은 더욱 평등하다는 말입니까?"

인민군의 간호 군관과 학병 포로 출신의 의무보조원 두 사람이 2개월 이상 계속해서 서로에게 질문을 던지고 있다. 그들이 이러한 토론 속에서 얻으려고 하는 것은 무엇인가?

자본주의와 공산주의라는 상반된 체제도,
군관의 계급과 학병 포로라는 현실적 신분도,
그들의 상반된 가족의 역사도 아니다.

그것은 바로, '젊음과 열정'이라는 그들만의 특권이었다.

1950년 9월 말. 인민군 △△연대가 현재의 주둔지인 조치원에서 대전시로 이동하려는 작전 계획이 취소됐다. 파죽지세로 남하하던 인민군에 대하여 맥아더 장군이 인천 상륙작전을 통해 북한군의 병참선과 배후를 공격하여 전세를 반전시킨 결과이다.

한국군에게 공포의 대상이었던 인민군의 T34 탱크의 강력한 충격 돌진과 인민군 보병들의 보전 협동 공격의 위세가 꺾인 것이다. 이제는 미군의 B26 폭격기의 무차별적인 선제 타격과 북진하는 미군의 보병들에게 밀려 인민군들이 북으로 쫓기는 상황이 되었다.

인민군 △△연대는 상급 부대의 전통에 의하여 퇴각하기 시작한다. 남하할 때와는 달리 조치원, 충주, 음성, 여주, 이천의 노선을 따라 우회하여 퇴각할 수밖에 없는 이유는 9월 28일에 이미 서울을 수복한 UN군이 서울을 통과하는 1번 축선을 장악하고 있었기 때문이다. 하늘에서는 미군의 전폭기들이 쉴 새 없이 날아들어 머리를 들지도 못할 정도로 맹렬하게 공습을 계속하고 있다.

경기도 이천시 호법면 유산리 산악 지대에서 인민군 △△연대는 수십 대의 미군 B26 폭격기에 노출되어 고공 폭탄 투하와 저공의 기총 사격을 받고 완전히 조직이 와해된다. 보급 연대의 특성상, 전투 병력은 상대적으로 적은 숫자이며 화력 역시 최소한의 방어 차원으로 편제되어 있으므로 속수무책으로 당할 수밖에 없었다.

30분 이상 이어지는 폭격 속에 사상자는 속출하고 전투 지원 물자는 모조리 파괴되었으며 수송 수단인 트럭들도 모두 완파되었다. △△연대는 전멸한 것이다. 시뻘건 화염과 희뿌연 연기 속에 파묻힌 이천시 피박골산 산기슭의 도롯가에서 전복된 의무용 트럭의 네 바퀴가 하늘을 향하고 있다. 형편없이 찢어진 인민군복 차림의 전사 영준이 상처투성이의 노연경 소위를 안고 산속으로 대피한다.

그로부터 43년이 지난 1993년 봄 시묵마을의 공씨 종갓집.
'성조현손(聖祖賢孫)'이라고 쓰인 커다란 액자가 걸린 안방에서 영준이 술잔을 기울이고 있다. 1년 만에 휴가를 나온 육군 대위 공충식이 부대에서 가져온 군 보급용 양주인 '마패' 한 병과 도라산 통일전망대에서 어렵게 구한 '평양 소주' 두 병을 감쪽같이 비운 영준이 당시를 회고하며 무용담을 펼치고 있다. 안주를 준비하는 공 대위의 모친인 행순의 두 귀가 쫑긋거린다.

"생지옥이었지. 다 죽었을 거야. 유일한 생존자는 나 외에 몇 명뿐이라고 봐! 나는 우리 조상님들을 믿고 있었어. 한국 전쟁 중, 병천 전투에 이어 두 번째로 죽을 고비를 넘긴 거지! 모든 총탄은 나를 피해갔어. 나는 털끝 하나도 다치지 않고 살아났단다. 지금 생각해 보면 정말 기적 같은 일이야! 내가 아직 할 일이 남아있어서 조상님들이 나를 지켜주신 것이지. 막내야. 항상, 조상님들을 잘 모셔야 하느니라!"

영준은 만취한 상태였다. 그러나 다음 날 새벽부터 영준은 공충식 대위를 흔들어 깨우면서 말한다.

"깨끗하게 씻고, 장교 정복으로 갈아입은 후에 동네 어른들에게 휴가 왔다고 인사하고 오너라!"

인민군의 포로 출신인 영준은 당당한 대한민국의 육군 장교 충식을 동네 사람들에게 자랑하고 싶은 소박하지만, 절실한 심정이 있었다. 대문을 나서는 충식의 뒷모습을 보면서 영준이 마음속으로 절규하고 있다.

'봐라, 이놈들아! 너희들은 나를 겁박했지만, 나의 분신들은 자유롭게 날개를 펴고 날아갈 것이다.'

14. 미군의 포로

1950년 10월 1일.

유엔군이 드디어 38선을 돌파하여 북진한다. 중부 전선을 향해서 북진하던 미군 보병 연대의 수색대원들이 경기도 이천시 마장면 이평리에 위치한 작은 절 옥천사(대한불교 조계종)에서 낙오한 두 명의 인민군을 체포한다.

공영준과 노연경이다.

승방에 아직까지도 누워있는 노연경은 미군의 폭격으로 인한 찰과상과 타박상으로 상처투성이였으며 왼쪽 종아리에 관통상을 입었으나 다행히 뼈에는 손상이 없었다. 의무보조원 영준의 지혈과 응급조치를 받은 노연경이 의식을 차리는 데는 꼬박 하루가 지나갔다. 무장한 미군 수색대원들의 포위망 속에 영준이 결박을 당하고 있다. 수색대장으로 보이는 대위 계급장의 미군 장교가 영준을 향해서 질문하기 시작한다.

"소속과 관등성명을 밝혀라!"

영준이 눈짓으로 누워있는 노연경 소위를 가리키며 대답한다.

"우리는 인민군 △△연대 소속으로 저는 전사 공영준이며 이분은 간호군관 노연경 소위입니다."

영준의 유창한 영어 회화 응답에 깜짝 놀란 미군들의 질문이 계속된다. 영준은 인민군 △△연대의 임무와 주둔지 이동 경로 그리고 이틀 전의 퇴각 과정에서 미군의 폭격에 의해 연대가 전멸된 상황을 요약하여 설명한다. 영준의 설명이 끝나자 미군 수색대장이 다가와 포승줄을 풀고 비상식량과 전투복을 제공하며 호의를 베풀기 시작한다.

"그대의 계급이 정말로 인민군의 전사가 맞는가?"

"저는 대한민국 학도병으로 참전했다가 인민군의 포로가 되었으며 현재는 △△연대의 의무보조원으로 복무하고 있습니다. 그리고 여기에 누워있는 노연경 소위는 저의 직속 상관입니다."

미군 수색대장이 노 소위를 바라보자 영준이 간절한 표정으로 말한다.

"종아리의 관통상뿐만 아니라 전장의 공포로 인하여 정신적으로도 매우 불안정한 상태입니다. 신속하게 치료해야 합니다. 도와주십시오."

미군 수색대장이 머리를 끄덕이며 무전기를 통해서 연락을 취하고 있다. 노연경은 곧바로 후송되어 경기도 여주에 위치한 미군 야전병원에서 치료를 받게 된다.

1950년 11월. 공영준과 노연경은 거제도 포로수용소에 수감된다. 거제도 포로수용소가 설치된 지역은 섬의 중앙에 해당하는 일운면 고현리(현 거제시 신현읍)를 중심으로 이루어졌다. 수용소가 정상적으로 자리 잡기 전에 가장 먼저 수감된 경우인 공영준과 노연경을 포함한 포로들은 제일 먼저 자신들이 수용될 장소에 울타리를 세우고 철조망을 설치한 후, 천막을 쳤다.

거제도 포로수용소(巨濟島捕虜收容所)는 6·25전쟁 중 북한군과 중공군 포로들을 집단으로 수용하던 수용소이며 북한군 약 15만 명, 중공군 약 2만 명 등 약 17만여 명의 포로가 수용되어 있었다(그중 여성 포로는 3,000

여 명 정도임). 거제 수용소의 초기인 1950년 말 당시에는 부지 정리 및 시설의 확장 등 늘어나는 포로의 배치 작업을 위하여 상당히 분주했다.

포로들 중 영준은 영어 회화가 가능한 몇 안 되는 지식인으로 분류되어 포로 대부분이 문맹이었던 78 포로수용소의 포로 자치회 간부로 선발되었으며 제32 포로 경비대의 통제하에 속하게 된다. 인민군의 간호 군관 노연경은 수용소 내 약 3,000개의 침대를 보유한 제64 야전병원에서 시간이 갈수록 늘어나는 포로들에 대한 치료를 담당하는 보직을 맡게 되었다.

공영준과 노연경은 전쟁 후 6개월 만에 호사를 누리게 된다. 수용소의 질서는 포로 자치제에 맡겨져 있었으므로 유엔군 수용소는 낙원이라 해도 과언이 아니었다. 전장에서는 생각해 볼 수도 없었던 숙사에서 하루 세끼의 식사를 제공받고, 하는 일이라고는 형식적인 작업이 고작이었다. 전장에서처럼 죽이고 죽는 전투도 없고, 발이 부르트도록 강행군을 하는 일도 없었으며 잠을 못 자면서 경계 근무를 설 필요도 없었다. 경비는 한국군과 유엔군이 든든하게 맡아서 하고 있기 때문이었다. 더구나 겨울의 추위가 와도 동상에 걸릴 염려가 없었다.

전쟁 포로(prisoner of war) 공영준과 노연경의 등 뒤에는 큰 글씨가 새겨져 있다.

'P. W.'

한국 전쟁 발발 후, 영준은 대한민국 학도병에서 인민군의 포로가 되었고, 다시 세 번째로 옷을 갈아입었으니 이제는 미군의 전쟁 포로 신분이 된 것이다. 참으로 기구한 운명이 아닐 수 없다.

"헤이! 프레시맨!"

경비대 소속의 미군 장교 스미스 중위가 영준을 부른다. 프레시맨은 동국대 1학년에 재학 중이었던 영준의 이력을 보고 스미스 중위가 붙여준 영준의 별칭이다. 영준보다 4살이 더 많은 스미스 중위로부터 전달받은 포로 일과표는 영문으로 되어 있었고 영준은 이를 한국어로 번역하여 78 포로수용소의 막사 안에 게시한다.

〈포로 일과표〉

오전 5시 30분: 기상 및 조식

오전 6시 30분: 전원 집합 점호

오전 7시: 오전 일과 시작

오전 11시 30분: 점심 식사

오후 1시: 작업 인원 집합, 오후 일과

오후 4시: 일과 종료

오후 5시: 저녁 식사

오후 8시: 점호 후 취침

스미스 중위는 업무상 포로 자치회장인 공영준과 많은 대화를 나누면서 그에게 많은 호감을 느끼게 된다. 영준이 들려주는 이야기는 마치 소설처럼 재미있고 극적인 내용이 많았던 것이다. 천석꾼의 장손, 동국대 재학, 학도병, 인민군의 포로, 다시 미군의 포로 등의 이야기가 그것이었다.

'영준이는 참 좋은 품성을 가진 친구로구나. 아는 것도 많고, 5개월 동안 세 번이나 군복을 바꾸어 입었으니 얼마나 힘들었을까?'

스미스 중위는 영준에게 별도로 의복이나 음식, 심지어 담배까지 제공하며 호의를 베푼다. 어느 날 영준은 스미스 중위에게 면담을 신청하여 간곡하게 부탁한다.

"사실은 저와 같이 수감된 인민군관 노연경 소위가 있는데."

영준이 장시간 동안 노연경과의 전쟁 중의 경험담을 설명하고 부탁하자 스미스 중위가 박장대소를 하면서 웃는다.

"이제 보니 로맨스까지 갖춘 멋쟁이로구나!"

그 후, 스미스 중위는 수시로 영준을 대동하여 제64 야전병원을 찾았으며 두 사람의 면담을 주선하였다. 스미스의 배려로 노연경은 영준 이상으로 의복과 음식 등 생활의 편의를 지원받은 것은 말할 것도 없다.

하지만 포로수용소 내에서는 엄청난 갈등이 있었다. 그것은 생과 사를 넘나드는 친공 포로와 반공 포로의 살벌한 대결이었다.

15. 님의 침묵

거제도 포로수용소의 포로들은 북한과 중국으로 돌아가려는 친공 포로와 돌아가지 않으려는 반공 포로로 나뉘어 심각하게 대립하고 있었다. 이들이 대립 및 분열된 이유는 국제 연합(UN)군 측이 포로 개개인의 자유의사에 따라 한국, 북한, 중국, 타이완을 선택할 수 있는 이른바 자유 송환 원칙을 주장했기 때문이다.

78 포로수용소의 포로 자치회 간부인 공영준은 반공 포로의 대표 자격으로 활발하게 움직이고 있다. 그의 배후에는 든든한 미군 장교 스미스 중위가 그를 후원하고 있다. 78 포로수용소의 포로들 대부분은 북한과 중국으로 돌아가려는 친공 포로들이었으며, 이들은 수용소 내에서도 조직을 유지하고 야간에는 사상학습을 진행하면서 미군들을 상대로 투쟁을 계속하였다.

영어 회화에 익숙한 영준이 포로 자치회장을 상징하는 완장을 차고 일반 포로들에 비하여 깔끔한 복장으로 수용소 일대를 돌면서 미군들과 어울리는 모습은 친공 포로들을 자극했으며 이들에게 영준은 눈엣가시가 되었다.

더욱이, 미군의 지시에 의하여 영준이 담당하고 있는 오리엔테이션 교육은 수용소 내에서 큰 화제가 되고 있었다. 명연설가인 영준이 좌익 포로들의 사상을 약화시키면서, 아직 어느 쪽으로도 결정하지 못하고 중간적인 입장에 있는 포로들에게 공산 측에 가담하는 것보다는 반공 진영에 참여하도록 설득하는 데에 큰 기여를 하고 있었기 때문이다.

1951년 4월, 북한군 장교 포로들이 수감되어 있는 제72 소구역 인근에서 하나의 사건이 발생한다. 제36 공병단 감독하에 도로 보수 작업을 하고 있던 친공 포로들에게 포로 자치회장 공영준이 포위되어 집단 구타를 당한 것이다.

"미 제국주의의 앞잡이를 처단하라!"

"와~! 와~!"

수십 명의 친공 포로들은 주먹과 발길질은 물론 삽과 괭이 등을 이용하여 영준에게 무차별 구타를 자행하였다. 초기에 이를 발견한 경비단의 공포탄 발사와 무장 경비대의 신속한 저지가 없었더라면 거의 목숨이 위태로웠을 정도로 분위기는 살벌했다. 구타에 의한 충격으로 영준은 의식을 잃고 쓰러진다. 한국 전쟁 이후 병천 전투 그리고 미군 전폭기의 폭격에 이어서 세 번째로 죽음의 문턱까지 다가갈 수밖에 없었던 그의 운명이다.

당시 수용소 내부는 이처럼 소요와 난투극의 마당으로 바뀌게 되었다. 밤에는 경비병의 순찰이 없는 것을 기회로 해서 살인, 구타, 인민재판의 행위가 빈발하여 희생자가 속출했으나 수용소 당국은 모른 척하였다. 사법권이 없는 수용소장으로서는 증거가 분명해도 어떻게 할 수가 없었다.

구타에 의한 가격으로 심각한 부상을 입은 영준은 제64 야전병원에서 4주 동안 입원 치료를 받았고 지금은 거의 완쾌되어서 며칠에 한 번씩 통원 치료를 하고 있다. 영준이 생각보다 빨리 퇴원하게 된 것은 간호 군관 출신인 노연경의 극진한 치료와 정성 어린 병간호 덕분이다. 인민군 △△ 연대의 의무실에서도 그랬듯이 영준의 상처에 소독과 드레싱을 하고 있던 노연경이 말한다.

"영준 동무! 난 북한으로 송환을 원한다는 신청서를 이미 제출했습니다."

그뿐만 아니라, 노연경은 공산 포로의 대표 자격으로 미군의 방침에 반하여 모든 인민군은 개인의 의사와 관계없이 고국인 북한으로 송환되어야 한다는 주장과 포로들의 의사를 확인하는 과정에서 미군들이 본국 귀환을 포기할 것을 종용했다는 정황 증거가 있으며 이는 제네바 협정에 위배된다는 청원서까지도 제출하였다.

연경의 치료가 끝나자 영준이 스미스 중위로부터 지원받은 손수건, 초콜릿, 음료, 위스키 등을 싼 보따리를 연경에게 건네면서 한 마디를 남기고 78 포로수용소를 향하여 떠나간다.

"노 소위님은 한용운 님의 시 〈님의 침묵〉을 잘 아시죠?"

〈님의 침묵〉 - 한용운

님은 갔습니다. 아아, 사랑하는 나의 님은 갔습니다.
푸른 산빛을 깨치고 단풍나무 숲을 향하여 난 적은 길을 걸어서 차마 떨치고 갔습니다.

(중략)

우리는 만날 때에 떠날 것을 염려하는 것과 같이, 떠날 때에 다시 만날 것을 믿습니다.
아아, 님은 갔지마는 나는 님을 보내지 아니하였습니다.
제 곡조를 못 이기는 사랑의 노래는 님의 침묵을 휩싸고 돕니다.

영준이 남긴 보따리에서 나온 편지 한 장과 △△연대 의무실에서 수없이 봐 왔던 눈에 익은 글씨체. 영준이 떠난 날 밤에 흠뻑 젖은 베개를 끌어안은 23세의 노연경이 울다 못해 통곡하다가 새벽까지 잠을 이루지 못한다.

'나에게 한 마디만 해 줬더라면… 남쪽에 남으라고.'

영준은 그날 이후 노연경을 볼 수 없게 된다. 친공 포로들에게 '공공의 적'이 된 영준을 보호하기 위하여 스미스 중위는 영준의 숙소를 미군 B.O.Q.(독신 장교 숙소)의 관리병 막사로 이동시킨다.

16. 수용소 탈출

미군이 거제도를 포로수용소로 선택한 이유는 섬이기 때문에 포로 관리에 최소의 인력과 경비가 소요될 것이며, 급수가 용이하고, 포로들이 먹을 식량을 재배할 수 있는 어느 정도의 장소가 있다는 점 등 때문이었다.

17만 명 이상으로 늘어난 포로들과 이를 경비하는 경비 병력과 행정 병력 그리고 섬의 원주민 10만여 명을 포함하여 거제도는 인구 포화 상태가 되었다. 이에 포로들을 분산하기 위하여 거제도 이외에 영천(제3 포로수용소), 대구 광주, 논산, 마산, 가야, 부평 등의 지역에 새로운 수용소의 부지 확보를 위한 현지 조사가 진행되었다.

미 육군 R.O.T.C 출신의 스미스 중위는 영천 수용소 부지를 현지 조사하기 위한 연락 장교(連絡 將校, 다른 부대나 외국 군대에 파견되어 소속 부대와 군사상의 연락 업무를 수행하는 참모 장교)로 보직이 변경된다.

스미스 중위는 업무 수행상 한국인으로서 내부지리를 잘 알고 한국어와 영어가 모두 가능한 반공 포로 공영준을 동반하는 보고서를 상신하여 이미 승인을 얻어놓은 상태이다. 수용소 측에서도 미군의 입장에 큰 기여를 하는 78 포로수용소 포로 자치회장 공영준에 대해서 우호적이었으며 스미스 중위의 신원보증각서가 결정적인 역할을 했다.

영천군으로 출발하기 하루 전, 스미스 중위가 영준에게 말한다.

"헤이 프레시맨! 오늘은 제64 야전병원에 꼭 들러봐. 내가 대동해 줄게."

갑작스러운 제안에 의하여 영준이 스미스와 함께 연경을 찾아갔으나 연경은 영준의 면담을 거부하였다. 환자들에 대한 진료 일정상 시간을 낼수 없다는 이유도 있지만, 노연경은 이미 수용소 내 친공 포로들의 비밀 결사체인 '해방 동맹'의 간부로 활동하고 있었으며 제64 야전병원은 친공 포로들의 통신 본부 역할을 하고 있었으므로 상당히 분주한 상황이었다.

〈님의 침묵〉을 통해서 영준의 처지와 마음을 이해하기로 한 연경이 남모르게 제64 야전병원의 창문을 통해서 78 포로수용소로 되돌아가는 영준의 뒷모습을 바라보고 있다. 연경의 손에는 얼마 전, 영준으로부터 받은 손수건이 흠뻑 젖은 채 쥐어져 있다. 연경이 마지막으로 보게 되는 영준의 모습이다.

스미스 중위의 배려로 영준은 목욕을 하고, 제일 작은 치수의 미 육군 군복을 손질한다. 내일 영천으로 떠나는 준비를 하는 것이다. 그날 일과 후, 스미스 중위의 독방인 미군 B.O.Q. 201호에 초청된 영준은 위스키를 마시며 스미스 중위가 치밀하게 준비해 온 '반공 포로 공영준 탈출 계획'을 듣게 된다.

다음 날, 스미스의 선탑으로 지프를 탄 두 사람은 거제도 포로수용소에서 출발하여 항구에 다다랐다. LST(Lading Ship Tank, 탱크 상륙 전용 배)가 대기하고 있었다. 두 사람은 이 배를 타고서 부산항에 도착하였고, 다시 미군 트럭을 이용하여 부산역으로 가서 열차를 타고 영천으로 향한다. 스미스 중위가 부산역 근처에서 별도로 구입한 민간인 복장과 신발 등을 영준의 소지품 가방 속에 밀어 넣으면서 다시 한번 강조한다.

"프레시맨! 영천에서 임무를 완수한 후에는 반드시 내가 시키는 대로 실행해야 해!"

영천읍 오수동 일대(현재의 영남대 영천병원 위치)의 부지를 현지 확인한 스미스 중위 일행은 관련 자료(사진 촬영, 진입로, 부지 넓이, 용수, 경계 환경, 기타)를 꼼꼼히 기록한 조사보고서를 작성한 후, 영천읍 완산동에 위치한 영천 오일장으로 이동한다.

대구 약령시장, 안동장과 함께 경상도 3대 시장으로 꼽히는 영천 오일장의 유명한 족발집에 마주 앉은 미 육군 스미스 중위는 매력 덩어리인 반공 포로 공영준에게 말한다.

"프레시맨! 이 전쟁은 우리 미군이 100% 이길 수밖에 없는 상황이야. 스페인의 무적함대를 격파한 대영제국의 시대는 제2차 세계대전 후 종료 되었고, 이제 신흥강국인 우리 미국이 최소한 100년 이상은 전 세계의 패권을 쥘 것이라고 봐."

스미스에게 어제부터 제안받은 탈출 계획에 기대와 우려를 가지고 있는 영준이 되묻는다.

"저를 구해주시는 이유가 무엇입니까?"

"프레시맨! 이대로 종전이 되면 대한민국의 입장에서 볼 때 그대의 신분은 적군의 포로야. 그대의 학도병 참전 사실도, 본인의 의사와 관계없이 불가항력으로 인민군복을 입었다는 사실도 중요하지 않아."

민간인 복장으로 갈아입은 영준이 조심스럽게 대답한다.

"잘 알고 있습니다."

"프레시맨. 그대의 인생이 너무 아까운 거야. 그 어려운 상황 속에서도 빛나는 눈빛으로 매사에 최선을 다하는 그대의 성품에 내가 반했다네. 지금 한국 내에서 그대와 같은 수준의 지식을 갖춘 젊은이는 극소수에 불과해. 난 이 전쟁에 참가하면서 각종 통계를 보고 있으니 잘 알고 있다네."

스미스 중위가 애정 어린 표정을 지으면서 영준에게 고기와 술을 권한다.

"프레시맨. 부디 안전한 곳으로 피신하여 후일을 도모하시게나."

영준이 우려 섞인 표정을 지으면서 질문한다.

"제가 포로 신분에서 탈출하게 된다면, 스미스 중위님에게 돌아올 수밖에 없는 책임 추궁과 그 피해는 어찌하시렵니까?"

"프레시맨. 수십만 명의 포로들 중에 하루에 죽어 나가고, 실종되고, 탈출하는 포로들이 얼마나 많은가? 걱정하지 마시게. 다 방법이 있다네."

"감사합니다."

"프레시맨. 내가 연락 장교로 보직 변경이 안 되었다면 이 계획은 성사될 수 없었던 거야. 거제도에서는 개인이 육지로 나올 방법이라곤 없다네. 하늘이 그대를 도운 것이야."

영준이 감격 어린 표정을 지으며 스미스에게 말한다.

"먼 훗날에 제가 중위님을 꼭 찾아뵙겠습니다."

"프레시맨. 현재는 전시상황이니 각종 검문·검색이 많을 거야. 특히 병역을 기피하려고 숨어다니는 젊은 청년들을 집중적으로 단속한다고 하니, 잘 대처하시게."

마지막으로 스미스 중위가 지갑을 열어서 지니고 있는 지폐를 영준에게 건네면서 말한다.

"자, 내 역할은 여기까지야."

스미스가 떠난 후, 영준은 비상식량으로 구입한 돔배기(영천 지역에서 상어를 천일염에 간을 한 형태의 저장 식품)를 짊어지고 생면부지인 타향 영천군의 산길을 걷고 있다.

병천 전투와 미군의 폭격과 공산 포로들의 집단 폭행으로 생사의 고비를 세 번씩이나 넘긴 영준이 우여곡절 끝에 포로수용소를 탈출한 것이다. 구만 리 같은 자신의 향후 인생을 결정지을 영준의 대장정이 이제 시작된다.

17. 귀애고택(龜厓古宅)

1951년 7월.

전쟁의 화염보다 뜨거운 영천군의 무더위 속에서 영준이 대낮에는 가
까운 야산의 정상에 올라가 서남쪽 방향을 둘러보며 가시거리 내의 지형
을 정찰하고 있다. 오늘 밤에 야음을 이용하여 고향인 전라도 장성 방향
으로 이동할 장소를 정한 영준이 나무 그늘 아래에서 충분히 수면을 취
한다. 체력을 비축하기 위함이다.

영천군의 위치를 대략 짐작하고 있는 영준이 땅거미가 어두워질 무렵
부터는 서남쪽 방향으로 이동을 한다. 대로를 피하고 작은 산길을 이용
해야 하는 고난의 행군은 더디기만 하다. 영준은 한국 전쟁 당시에 낙오
한 채로 산속에 숨어있는 인민군들의 눈을 피해야 했으며, 또한 이들을
토벌하기 위하여 수색 작전을 펼치는 대한민국의 군·경 합동 병력의 검
문과 검색에도 몸을 숨겨야 하는 처지였다.

군사학(독도법)을 배우지 못한 백면서생 영준이 의지하고 있는 방향 감
각은 별자리를 이용해서 방위를 찾는 것이다. 북두칠성 자리를 이용하여
북쪽 하늘에 있는 북극성을 찾은 다음 북극성을 바라보고 양팔을 벌리
면 오른쪽 팔이 가리키는 방향이 동쪽, 왼쪽 팔이 가리키는 방향이 서쪽,
등 뒤쪽의 방향이 남쪽이라는 초·중학교 시절의 학습 내용을 기억하고
있다.

'남들에게 의심을 받지 않도록 깨끗하게 세수를 하자. 나는 조상님들의
은공으로 반드시 살아날 수 있다. 나는 벌써 세 번이나 죽음의 문턱에서
살아났다.'

스스로 주문을 외우는 영준의 체력이 한계를 드러내기 시작한다. 곡창지대인 호남평야에서 자라난 영준의 발걸음이 무겁다. 동고서저의 한반도 지형상, 경상북도 영천군의 산세가 만만치 않기 때문이다. 비상식량으로 준비한 돔배기도 모두 소비한다. 영준이 지나간 자리에는 생존을 위한 치열한 흔적이 남겨진다. 나무껍질이 벗겨지고 풀뿌리가 파헤쳐진다. 설상가상으로 여름 장마까지 쏟아진다.

영천군의 노고산과 이마산을 넘어서 화남면 선천리의 백학산 정상에 오른 영준은 탈진하여 쓰러지고 만다. 이제는 이질까지 감염되었다. 장마로 넘쳐나는 오염된 개울물을 마신 결과이다.

탈진 상태의 영준이 백학산 너머로 상당히 넓은 평야 지대에 있는 한 마을을 발견한다. 마을에는 산 위의 먼발치에서도 한눈에 보이는 고래 등같이 넓은 기와집이 있었다. 기진맥진한 영준에게 착시현상이 일어난다.

'시목마을이구나. 저 기와집이 우리 집이야.'

영천군 화남면 귀호리에 위치한 창녕조씨 종갓집의 솟을대문에 적힌 현판이다.

'귀애고택(龜厓古宅)'

땅꾼이자 심마니였던 귀애고택의 머슴 하 서방이 날이 어두워지자 문단속을 위해 대문 밖을 살피다가 깜짝 놀란다. 쓰러져 있는 영준의 몰골은 참혹(慘酷)이라는 표현도 부족할 정도였다.

다음 날.

"어려운 사람이 우리 집을 찾았으니, 우선 잘 먹이고 치료해 주도록 하여라."

아침에 하 서방으로부터 사정을 들은 '삼천 석'의 당주 조진형이 하명한다. 삼천 석이란 재물이 천 석이요, 학문이 천 석이며, 이웃에게 적선함이 천 석이라는 당대의 명문가 조씨 집안을 영천 지역 주민들이 칭하는 말이다.

며칠 동안 인심이 좋은 조씨 집안에서 머슴인 하 서방의 도움을 받으며 체력을 보충한 영준은 시목마을 본가보다 더 웅장한 저택을 보면서 감탄을 금치 못한다. 집 내부에 정자가 있고, 연못이 있으며, 우물가와 수십 개의 장독대가 있다. 시목마을 본가와 구조는 비슷하지만, 조씨 집안의 저택이 두 배 이상은 될 것이라고 짐작한다.

21세의 젊은 청년 영준의 건강은 금방 회복된다. 피골이 상접했던 얼굴에 혈색이 돌고 앙상했던 허벅지에 살이 오른다. 이제는 생명의 직접적인 은인 하 서방과 단짝이 되어 조씨가의 수청방(청지기 방)에 기숙(寄宿)하면서 호구지책(糊口之策)을 면하고 있는 식객과도 같은 처지가 된 것이다. 한국 전쟁을 전후하여 일 년 동안 영준의 신분이 현란하게 변하고 있다. 법학도, 학도병, 인민군의 포로, 미군의 포로, 그리고 식객으로.

5살 위의 순박한 하 서방은 요즘 영준을 놀려대는 재미가 쏠쏠하다.

"어이, 영준이! 이것 좀 해 봐!"

쩔쩔매는 영준의 손에 들려있는 농기구(삽, 괭이, 낫 등)를 하 서방이 가로채어서 의기양양하게 시범을 보인다. 숙련된 일꾼인 하 서방은 태어나서 처음으로 농사일을 체험하는 영준의 모습이 너무나도 재미있었다. 전국을 돌아다니는 20대 후반의 심마니 하 서방이 영천 지역에 잠시 자리를 잡은 것은 일 년 전이라고 한다.

생명의 은인인 하 서방에게 어떻게든 보답하고 싶은 영준은 하 서방을 집요하게 설득하여 매일 저녁 시간이 되면 실생활에 가장 필요한 한글과 산수를 가르치기 시작한다. 무학이었던 하 서방은 본인이 종이에 자기 이름을 쓰기 시작하면서부터 학구열에 불타올랐으며 그 진도가 매우 빨라졌다. 영준이 보기에 하 서방은 상당히 총명했다. 하 서방 역시 시간이 지날수록 나이 어린 영준의 묘한 매력에 빠져들고 있었다. 두어 달 이상 같이 먹고, 일하고, 공부하고 자며 정이든 하 서방은 나중에 공씨 집안의 재산을 책임지는 집사로 변신한다.

영준이 본인의 본색(인민군의 포로 출신)을 철저히 숨기며 조씨 집안의 식객 생활을 하던 가을의 어느 날, 영준 본인이 두 달 전에 쓰러져 있었던 솟을대문 위에 커다랗게 걸려있는 귀애고택의 현판을 쳐다보고 있다.

"무슨 글인지 알고 있느냐?"

출타 후에 귀가하던 당주 조진형이 우연히 이를 발견하고 슬쩍 물어본다. 영준이 낭랑한 목소리로 답한다.

"거북 귀, 언덕 애, 옛 고, 자리 택. 추측하건대 귀애라는 이름을 가진 고명한 분이 살았던 집터라고 생각됩니다."

'아니, 이놈 봐라?'

깜짝 놀란 조진형이 되묻는다.

"우리 가문에 대하여 알고 있느냐?"

보학(譜學, 족보를 연구하는 학문)의 전문가인 영준이 기다렸다는 듯이 대답한다.

"정확히는 모르지만 남명 조식 선생을 배출한 명문가 창녕조씨로 짐작하고 있습니다."

영준의 막힘없는 대답에 입이 쩍 벌어진 조진형이 정색하면서 영준에게 손짓을 한다.

"잠시 따라오너라."

그렇지 않아도 조진형은 영준에 대하여 의구심을 가지고 있었다. 하 서방에게 한글과 산수를 가르친다는 소문, 청지기에게서 들은 바로 상당한 지식이 있다는 소문, 농사일을 전혀 해보지 않았다는 등. 그 역시 영준의 수려한 갈매기 눈썹과 형형한 눈빛에 들어찬 당당한 기운을 예사롭지 않게 보고 있었다.

'분명 근본이 있는 놈일 것이야.'

18. 굿

1951년 가을. 시목마을.

"안녕하세요, 형수님!"

삼십 리나 떨어진 광산군 산정리에서 시목마을까지 초청된 무당 정 보살과 마루에 앉아 긴밀한 대화를 나누던 문암댁(공영준의 모친, 김귀례의 택호)이 군복 차림으로 대문을 열고 들어서는 시동생 공해진을 발견하고 버선발로 마당을 향해 뛰어나와 반긴다.

대한민국 국군으로 한국 전쟁에 참전 중이던 공해진은 가슴에 무공훈장을 차고 휴가를 나왔다. 보병 1사단에서 복무 중인 공해진은 9·28 서울 수복과 평양성 공략 작전에 참전한 용사이며 중공군 다수를 생포한 공훈을 세워 포상휴가를 나온 것이다. 시동생을 바라보는 문암댁의 간절한 눈초리를 바라보면서 해진이 머리를 긁적이며 말한다.

"형수님. 죄송합니다만, 장조카 영준의 소식은 듣지 못했습니다."

문암댁은 휴가를 나온 해진의 늠름한 모습을 바라보면서 남몰래 치맛자락으로 눈물을 훔친다. 1950년 7월에 날아온 학도병 참전 통지서 이외에는 1년이 지난 지금까지 큰아들 영준의 소식이 없기 때문이다.

편백나무 숲길로 유명한 장성군 북일면 축령산 아래의 문암마을에서 광산김씨의 장녀로 태어난 김귀례(金貴禮)는 어린 시절 부친으로부터 한글과『천자문』,『소학』을 공부하였으니, 당시의 여성으로서는 꽤 지식인이라 할 수 있다.

공장진보다 한 살이 더 많은 김귀례는 16세의 꽃다운 나이에 꽃가마를 타고 위민원으로 시집을 왔다. 철저한 불교 신자이기도 한 김귀례는 그야말로 자타가 공인하는 샤머니즘의 신봉자이다.

굿, 무당, 복점, 예언, 신령, 택일 등.

문암댁은 북두칠성(北斗七星)의 태몽을 안고 영준을 낳았으며 실제로 영준은 등 뒤에 일곱 개의 뚜렷한 점들을 가지고 태어났다. 십수 년 전, 샤머니즘의 신봉자 문암댁은 서너 살인 큰아들 영준을 품에 안고 용하다는 소문의 정 보살에게 찾아가 관상과 사주를 보았다.

"영준(泳俊), 헤엄칠 '영' 자에 호걸 '준'이라! 북두의 점이 있는 큰 인물이 바다로 나아가 활개를 펼쳐야 하나, 시대를 잘못 태어났으니. 이를 어찌할꼬!"

1950년의 한국 전쟁을 통해서 간이 절반으로 쪼그라든 문암댁은 굿을 하고 절과 암자를 찾아다니며 정성을 들인다. 1년 전, 부군인 장진이 인민군에 체포됐을 때도 가슴을 졸였던 문암댁은 큰아들의 행방불명이 자신의 정성이 부족한 것으로 생각하여 장성군 일대의 절을 찾아다니면서 불공을 드리고 있다.

북하면의 백양사, 천진암 그리고 삼계면의 봉정사, 서삼면의 해인사, 동화면의 금강사 등.

오늘은 며칠 후에 계획되어 있는 제액굿(행운이나 풍요를 빌고 액을 물리는 굿의 한 종류)을 준비하기 위해서 이제는 친구가 되어버린 무당 정 보살의 조언을 듣고 있던 차이다. 보름 전에도 시목마을을 찾아왔던 정 보살은 명당으로 소문난 담양의 공씨 산소 자리에 도둑이 들어와 남모르게 자기들 조상의 묘를 썼으니 큰아들의 행방이 불명하다는 점괘를 내었고, 이에 격분한 문암댁은 쇠꼬챙이를 수십 개 준비하여 일꾼들과 함께 담양 산소에 올라가 삼인산 정상 일대를 일일이 찔러 보았을 정도로 정 보살을 신뢰하고 있다.

매일 새벽에 일어나 장독대에 정화수를 떠 놓고 큰아들의 무사 귀환을 비는 김귀례는 조상님들의 은공으로 큰아들이 반드시 돌아올 것으로 믿고 있었으며 이를 위한 대규모의 굿을 준비하던 것이었다.

당시에 공장진은 방죽목에 소재한 쌀 창고를 개보수하여 두 배 이상으로 규모를 늘렸으며 주변에 건조장과 이를 관리할 숙소를 짓고 있었다. 1번 국도상에 위치한 곳에 창고를 확장함으로써 한 해에 수확되는 엄청난 분량의 미곡을 저장하고 유통을 원활하게 하기 위한 스스로의 구상이다. 공사 현장을 감독하고 있는 공장진은 1년 전에 있었던 인민군의 노치영 대좌와의 운명적인 만남을 회고하고 있다.

'나에게 주어진 숙명적인 과업은 이곳에서 마침표를 찍을 것이야!'

무당 정 보살에게 택일을 받은 날. 아침부터 대청소가 이루어지고 대문이 활짝 열린다. 시목마을 공씨 종갓집 마당과 집 주변이 초만원을 이루고 있다. 백여 명의 주민들이 천석꾼의 장자 공영준의 무사 귀환을 비는 '제액굿'을 구경하기 위하여 몰려든 것이다. 부녀자들이 어린아이들을 모두 데리고 나온 데에는 다 이유가 있다.

시목마을은 물론 주변의 마산, 녹진, 마홍, 영신, 밤실, 죽분, 분향 등의 주민들이 대규모로 참가하면서 가히 면 단위의 큰 행사가 된 것이다. 손이 크기로 소문난 공씨가의 안방마님인 문암댁과 용하기로 소문난 무녀 정 보살이 펼치는 한 판 굿의 광경은 실로 장관이다. 넓은 마당의 중앙에 십여 장의 멍석이 깔리고 대여섯 개의 하얀 천막이 쳐진다. 대청을 향하는 방향으로 세워진 병풍에는 무신도가 그려져 있다. 정 보살이 술을 마시며 요란스러운 장구 소리에 맞춰 껑충껑충 춤을 춘다. 무녀의 머리끝이 천막 끝에 임시로 세워진 들보에 닿을 듯 말 듯 하다.

새벽부터 목욕을 재계한 문암댁이 정갈한 복장으로 정성스럽게 '비손(두 손을 비비면서 신에게 소원을 비는 일)'을 드리며 재물함에 연신 지폐를 바친다. 재물함 궤짝엔 이미 상당한 금품이 쌓여있다.

오후 6시부터 시작된 제액굿이 절정에 이른다. 정 보살뿐 아니라 문암댁까지도 긴장하여 부들부들 몸을 떨고 있다. 몰려든 주민들이 모두 침을 꿀꺽 삼키고 있다.

쌀이 든 용궁단지 위에 두 개의 작두날이 세워져 있으며 그 위에서 맨발로 춤을 추는 정 보살의 춤사위가 깃털처럼 가볍다. 마지막으로 차력사인 정 보살이 작두에서 뛰어내려와 입에 거품을 물고 눈이 뒤집힌 채로 신탁(神託)을 전한다.

"우우우우~! 까치가 감나무에 내려와서 홍시를 먹으면 모든 제액이 물러날 것이다."

신탁을 마친 정 보살이 그 자리에서 쓰러진다.

구경 나온 백여 명의 모든 주민들에게 식사와 술이 나누어진다. 굿에 사용된 모든 음식(술, 떡, 생선, 기타)은 귀가하는 주민들의 손에 한 봉지씩 쥐어진다. 온종일 이루어지는 축제(주민들의 입장에서)를 통해서 공씨가의 기둥뿌리가 또 하나 뽑히고 있다. 굿을 마친 저녁 시간에 쌀 열 섬을 실은 달구지에 올라탄 정 보살이 문암댁의 배웅을 받으며 1번 국도를 따라 광산군 산정리로 떠나간다.

19. 까치

귀애고택의 사랑방에서 당주 조진형과 식객 공영준이 마주 앉아서 면담을 한다. 상좌에 앉은 조진형의 첫 질문은 영준의 예상한 그대로이다.

"이름과 본관은 무엇인고?"

"저는 공영준이며 본관은 곡부(曲阜)입니다."

조진형이 무릎을 치면서 하대하던 말투가 바로 바뀐다.

"공자님의 후손이신가?"

"예, 곡부공씨(曲阜孔氏) 78세손입니다."

영준은 고향 장성군에서부터 서울 유학, 학도병, 인민군의 포로, 미군의 포로, 수용소 탈출 경위까지 모든 사연을 조진형에게 설명한다.

"주안상을 들이거라!"

영준의 명쾌한 설명을 듣던 조진형이 연신 감탄하며 미소를 짓는다. 그 내용뿐 아니라 식객 영준의 말솜씨와 거기서 배어 나오는 인물의 수준을 가늠하였기 때문이다.

장자의 권리는 단순히 상속되는 법은 없다. 그에 어울리게 인격과 학문을 연마해야 하며, 재산을 보존하고 가솔들을 책임져야 하는 막중한 책임이 뒤따른다. 장손은 그 지위에 오른 순간부터 안목이 넓어지고 깊은 생각을 하게 되어 있다. 조진형 역시 장자로서 사람을 볼 줄 아는 눈이 있다.

한밤중까지 이어지는 두 사람의 대화 속에 세대의 차이가 있지만, 지역의 명문가이고 천석꾼 종갓집의 장손이며 당시의 지식인으로서 비슷한 처지의 두 사람이 서로에게 반하고 있다.

다음 날. 귀애고택의 식객 영준의 숙소가 수청방에서 독방인 별채(공부방)로 옮겨진다. 의복과 음식은 조씨가의 직계 후손들과 똑같이 지급되었으며 더 이상 하 서방과 농사일을 할 수 없게 되었다. 당시에 지역의 군 단위에서 한두 명 있을까 말까 하던 대학생 영준은 당주 조진형의 제안에 의하여 조씨가의 자녀들을 위한 가정 교사로 채용되었다. 영준의 신분이 식객에서 급상승한 것이다.

'저 귀공자를 어떤 방법으로 고향에 보낼 수 있을까?'

조진형의 고민이 시작된다. 며칠 후, 조진형은 하 서방을 불러서 발의 크기를 잰 후, 이마산 기슭에 있는 신발 잘 만들기로 소문난 갓바치의 집에 들른다. 일주일 후에 특수 제작된 가죽 장화를 하 서방이 들고 귀애고택으로 돌아온다. 조진형이 준비한 편지를 가죽 장화에 깊숙이 봉한 후에 다시 하 서방을 찾는다.

"작년 여름에 하 서방이 우리 집을 찾았는데 그전에는 산삼을 캐러 다녔다고 하였느냐?"

"예, 그렇습니다."

조진형이 영준의 고향인 시목마을의 주소가 적힌 쪽지를 보이면서 다시 묻는다.

"그럼, 전라도 장성의 지리도 알고 있느냐?"

영준을 통해서 이미 한글을 깨우친 하 서방이 쪽지에 적힌 주소를 보고 환한 웃음을 짓는다.

"물론입니다. 정읍의 내장산에서 장성의 백양산으로 이어지는 길이 있으며, 장성읍부터 광주의 무등산까지는 넓은 호남평야가 펼쳐져 있습니다."

이어지는 대화 속에서 총명한 하 서방은 조진형의 의도를 금방 알아채고 몹시 즐거워한다. 영준을 위한 일이 자신에게 맡겨지리라 짐작했기 때문이다.

30년 후에 지천명이 된 백양 산악회 회장 공영준은 산악회원들에게 당시에 자신이 겪었던 무용담을 펼치면서 영천에서 장성군의 시목마을로 돌아올 때 이용했던 내장산과 백양사를 연결하는 그 산길을 여러 번 등반하게 된다.

다음 날. 태어나서 처음으로 최고급 맞춤 가죽 장화를 신은 심마니 출신의 하 서방이 경상도 영천을 출발하여 전라도 장성으로 거의 날아가고 있다. 하 서방의 신발 속에는 조진형의 편지와 함께 영준 그리고 하 서방 자신의 운명도 함께 봉해져 있다는 사실을 모른 채로 가고 있었다.

심마니 하 서방이 산길을 걸으며 머리를 굴려본다.

'영준이라는 청년은 아마 이번 전쟁에서 큰일을 당하여 피신하고 있는 상황일 것이야. 조 영감님(조진형)이 저렇게 영준이라는 청년을 극진하게 대하는 것을 보면 귀한 신분이 분명해. 아는 것도 무지하게 많고. 아마, 신발 속에 들어있는 편지에는 조 영감님이 영준이라는 청년의 부모에게 보내는 내용이 담겨 있을 것이며 안전하게 고향으로 데려가라는 내용일 것이야. 전쟁 중이라 여러 가지 눈도 피해야 할 것이고. 영준이 전라도 장성으로 떠나가면 나는 어찌해야 하나?'

하 서방은 영준과 헤어지기 싫은 심정이었다. 하 서방이 영준의 고향 마을 주소를 큰 소리로 다시 한번 외워 본다.

"전라남도 장성군 남면 분향리 시목!"

심마니 하 서방이 영준의 고향 마을을 찾는 것은 시간문제였다. 10여 년 동안 전국의 웬만한 산이라는 산은 안 가본 데가 없기 때문이다. 두둑한 노자를 받은 하 서방은 조진형의 지시에 따라 유료의 교통편을 이용하지 않고 직접 도보로 장성군을 향하고 있다. 편지의 소중함을 알고 있는 하 서방은 객집에서 잠을 잘 때도 장화를 품에 안고 잘 정도로 충직한 성품이다.

'까치가 감나무에 내려와서 홍시를 먹으면 모든 제액이 물러날 것이다.'

정 보살의 신탁을 철석같이 믿고 있는 문암댁의 조바심이 절정에 이르고 있다. 신탁의 내용으로 보아 감나무가 무르익는 늦가을이 며칠 남지 않았기 때문이다.

옛날 우리 조상들은 늦가을에 감을 수확할 때, 다 따지 않고 까치 따위의 새들이 먹을 수 있도록 한두 개의 감을 남겨두는 풍습이 있었다. 인심 좋은 우리 민족의 세심한 배려이자 나눔의 정신이라고 할 수 있다.

굿을 하겠다는 문암댁에게 핀잔을 주던 장진이 요즘 술을 적게 마신다. 신탁의 내용을 전해 들은 장진은 다음 날부터 새벽에 일찍 일어나 마당과 담장 주변을 한 바퀴 도는 습관이 생긴다. 공씨가의 대저택 안의 마당과 담장의 둘레에는 수십 그루의 나무가 있다. 아카시아, 목련, 대추, 전나무, 무화과, 향나무, 은행나무, 선인장 등. 그중에서도 단감, 땡감, 장두감 등의 감나무가 제일 많았다.

감나무 위의 빨간 홍시를 바라보는 장진의 가슴은 이미 새까만 '숯'이 되어 있다.

"내 허락 없이 집 안에 있는 감을 절대로 따면 안 되느니라!"

인자한 성격의 당주 장진이 정색을 하며 모든 가솔들을 집합시켜 놓고 추상같이 내린 명령이다.

시목(柿木)마을은 글자 그대로 감나무가 많이 있는 마을이다.
시목마을 맨 서쪽에 위치한 공씨 종갓집의 동측에는 작은집(위민원장 공재택의 동생 공재명의 집, 그의 후손은 현대건설 부사장 공영호)이 있었고 두 집 사이에는 탱자나무의 가시넝쿨이 울타리의 역할을 하고 있었으며 이 울타리는 1970년대의 새마을 사업을 통해서 블록 담장으로 교체된다. 그리고 서측에는 양씨 내외(부인은 점쟁이인 순천댁)가 살고 있었다.

1번 국도를 따라 새벽에 시목마을에 도착한 하 서방이 천지동의 포도밭 아래의 경사를 타고 내려와 대나무 끝에 적색, 홍색의 점집 표시가 있는 순천댁의 소옥을 끼고 좌측으로 돌자 대저택이 나타난다.

그 순간, 하 서방의 뒤편에서 여러 마리의 새들이 저택의 담장을 넘어서 고래 등같은 기와에 사뿐히 내려앉는다. 매일 새벽에 장독대의 정화수 앞에서 비손을 하고 있는 만추(晩秋)의 어느 날, 문암댁의 귀가 번쩍 뜨인다.

까악! 까악! 까악!

문암댁이 소리 나는 방향으로 고개를 쳐든다. 지붕 위에 있던 대여섯 마리의 까마귓과의 조류들이 하늘을 몇 번 선회하다가 마당에 있는 제일 큰 감나무에 내려와 홍시를 쪼아 먹기 시작한다. 발도, 부리도 까만색이 며 등과 배만 새하얀 까치인 것이다.

쿵! 쿵! 쿵! 쿵!

우람한 하 서방의 주먹이 천석꾼 공씨 집의 대문을 세차게 두드린다. 문암댁의 심장박동이 급속하게 올라가면서 다리에 힘을 잃고 자리에 주 저앉는다. 마당을 산책하다가 대문을 여는 천하의 호탕아 장진의 손이 가늘게 떨리고 있다. 대문을 열자 두 손으로 가죽 장화를 받쳐 들고 있던 맨발의 하 서방이 엎드려 절을 한다.

20. 가정 교사

시목마을은 평지이며 사방으로는 기름진 논들이 펼쳐져 있다. 북서쪽으로 이백여 미터를 지나면 논 가운데에 시냇물이 흐르고 있으며 이 냇가를 지나면 '평밭동'이라고 하는 거대한 동산이 나온다. 평밭동은 글자 그대로 밭이다. 약 이만여 평의 평밭동은 백여 년 전부터 대대로 내려온 공씨 집안의 소유였으며 매년 임청난 고구마를 수확하고 있다.

평밭동 끝자락에 위치한 공필장 효행비의 홍살문 앞에서 고구마 수확을 감독하고 있던 문암댁이 잠시 시간을 내어 기도하고 있다. 기도의 내용은 당연히 큰아들 영준의 무사 귀환을 위함이다.

'공필장(孔弼章) 효행비(孝行碑)'

장성군 남면 녹진리 산 428번지 마산마을에 위치한 효자 공필장(孔弼章)의 행적을 기린 비로 1786년(정조 10년)에 세워졌으며 현재의 소유권은 공장진이었으나 영준의 시대에는 장성군의 역사 유물로 기증된다.

문암댁의 치밀한 시간 계획에 의하여 예년과 달리 수확 시기가 늦추어진 평밭동의 고구마밭에는 수십 명의 주민들이 고구마를 캐고 있다. 문암댁에게는 일부러 고구마를 늦게 수확할 수밖에 없는 말 못 할 비밀이 있는 것이다.

동시에 시목마을 공씨 종갓집에서는 병풍처럼 본 저택의 후면을 호위하고 있는 대나무밭의 경사를 뚫고 하나의 동굴이 거의 완성되고 있다. 당주 공장진과 문암댁의 공저로 완성된 동굴의 설계도는 고구마의 신선도를 유지하기 위한 저장소라고 보기에는 이상한 점이 있으니, 동굴의 맨 안쪽에는 성인 한 사람이 겨우 기어서 나갈 수 있는 완만한 각도의 계단식 비상 통로가 대나무밭 정상까지 이어진 것이다. 비상 통로는 동굴이 완성된 후에 시목마을의 주민들을 배제하고 장성읍에서 별도로 채용된 일꾼들에게 고임금을 주면서 비밀리에 진행되었다.

수확된 고구마의 대부분은 도매상에 의하여 팔려나가고 남은 일부는 공씨 종갓집의 동굴 저장소로 차곡차곡 쌓여간다. 동굴의 내부는 혹시 모를 붕괴 사고에 대비하여 적벽돌과 대들보용의 큰 나무들로 튼튼하게 완성되었으며 대나무밭 위로 향하는 비상 통로는 감쪽같이 위장되어 있다.

곧 돌아올 큰아들 영준의 은신처를 마련하고 있는 것이다. 문암댁은 마지막으로 안방의 후면 벽에 작은 구멍을 내어 동굴의 입구까지 고무호스로 된 파이프를 땅속으로 매설하였고 파이프 속에 철사를 집어넣어서 동굴의 입구까지 연결하였으며 동굴 입구의 철사에는 깡통 서너 개를 매달았다. 위급한 경우에 안방에서 철사를 잡아당기면 깡통 소리를 듣고 대나무밭 위의 비상 통로로 대피시키려는 신호 체계까지 구축한 것이다.

하 서방의 방문 소식은 공장진과 문암댁 이외에는 아무도 모른다. 심지어 어린 자녀들과 집안의 일꾼들까지도. 까치가 찾아온 지 일주일이 지난 후, 모든 준비를 마친 공장진이 그의 상징인 중절모와 회색 목도리, 두껍고 긴 검은색 외투로 성장을 하고, 하 서방을 대동하여 영천군으로 출발한다. 공씨가로부터 귀빈 대우를 받는 하 서방의 입이 귀까지 찢어져 있다. 그가 태어나서 처음으로 타 보게 된 기차는 일등석이었으며 그의 복장은 대단히 호화로웠다. 얼마 전에 영천에서 받았던 일 년 분의 새경에 버금가는 대가를 약속받은 하 서방이지만, 무엇보다도 기분 좋았던 것은 공장진의 허락이 떨어진 것이다.

"하 서방이 원한다면 우리 집에서 기거하도록 하거라."

열차 안에서 조진형의 국한문 혼용체로 작성된 장문의 편지를 다시 읽어보는 장진이 감탄을 금치 못한다.

'필체나, 문체나, 논리나, 내용이나 참으로 대단한 학자로구나!'

귀애고택의 꽤 넓은 별채 안에서는 간이 흑판을 뒤로하고 분필을 들고 있는 가정 교사 영준의 강의가 연일 이루어지고 있다. 특히 영준의 전문 분야인 역사 시간에는 조씨가의 자손들과 일가친척들뿐만 아니라 당주 조진형도 맨 뒤에 앉아서 참관하고 있다. 인물 욕심이 많은 조진형이 시간이 갈수록 영준의 매력에 빠져들고 있는 것이다. 오늘의 교육 내용은 '식민사관(植民史觀) 대 민족사관(民族史觀)'이다.

법학도의 논리와 부친 장진으로부터 물려받은 선동적인 웅변 실력과 다독을 통해서 나올 수밖에 없는 영준의 박학다식함이 물결처럼 출렁거린다. 십여 명의 학생들 중에는 사자후를 토하고 있는 영준의 눈을 의식적으로 피할 수밖에 없는 한 처자(處子)가 있었으니, 바로 조씨가의 큰딸 조정임이다. 그녀는 낭랑 18세이다. 정임은 최근에 앓고 있는 희귀병이 있었으니 그것은 영준과 눈빛을 마주칠 때마다 심장이 멈추어지고 귓불이 장미꽃으로 변하는 증세이다.

한문과 영어와 일본어까지 겸비한 영준이 그의 효용 가치를 최대한 발휘하고 있다. 그러나 인민군의 부역자 영준은 향후 대한민국으로부터 철저히 외면당했으며 그 후손들까지도 수많은 좌절과 고통을 안고 살아가야 했다. 그리고 이를 극복하는 데는 족히 한 세대가 흘러야 했다.

"프랑스의 자국민들은 나폴레옹을 군사적인 영광을 도취시켜준 영웅으로 생각하지만, 주변의 약소국 국민들은 그를 악랄한 침략자로 생각하고 있습니다. 역사를 보는 눈, 즉 사관(史觀)은 상대적인 것입니다."

이어서 영준이 일제에 의해 왜곡된 식민사관을 강력하게 비판한다.

"1910년. 일제는 우리 조선을 병탄하고 강력한 헌병 정치를 통해서 삼천 리를, 삼천 만을 탄압하였습니다. 1919년의 기미독립항쟁을 통해서 우리 조선인들의 줄기찬 독립 의지와 당당한 기세에 눌린 일제는 1920년대에는 '문화 정치'를 표방하였습니다. 이어서 1930년대의 만주사변 이후부터는 악랄한 '민족 말살 정책'이 이루어진 것입니다. 그들이 왜곡하여 우리 조선인들을 세뇌한 주요 이론은 정체성론(停滯性論), 타율성론(他律性論), 반도사관론 등이며 종국에는 내선일체(內鮮一體)론으로 귀결되었던 것입니다."

이어서 영준은 학생들의 질문을 유도하고 구체적으로 설명하는 대화법을 구사한다. 영준의 교수 능력이 빛을 발하고 있다.

"일제의 대표적인 어용 기관인 조선사편수회(朝鮮史編修會)가 왜곡한 일제가 쓴 역사를 우리가 배워 왔던 불행한 시절이었습니다. 우리의 역사는 우리가 써야 합니다. 이러한 자주적인 역사관을 '민족사관'이라고 할 수 있습니다."

일제 강점기의 식민사관에 대항하여 민족의 자율성과 주체적 발전을 강조하고 민족사의 기원을 밝힌 민족사관에 대한 영준의 강의가 길게 이어지며 오늘의 학과 일정이 결론을 맺는다.

"자신의 역사를 모르고 있는 민족보다는 그 역사를 외면하고 있는 민족이, 외면하고 있는 민족보다는 잘못 알고 있는 민족이 가장 불행한 것이며 미래도 없는 것입니다. 또한, 역사는 승자만이 쓸 수 있다는 현실도 망각해서도 안 될 것입니다. 다음 시간에는 여러분들이 잘못 알고 있는 제주 사건, 여순 사건은 반란이 아니라 세계사적인 민중 항쟁이었음을 말

쏨드리겠습니다."

　당주 조진형을 포함한 조씨가의 자녀들이 상기된 표정으로 박수를 보낸다. 그들이 평소 알고 있었던, 그리고 학교에서 배웠던 바와 완전히 다른 새로운 관점에서 웅변되는 영준의 민족사관이 가슴 깊이 침투했기 때문이다.

　'성조현손(聖祖賢孫)이로구나!'

　영준의 역사 강의에 참관한 후, 저녁 식사를 마친 조진형이 오늘 있었던 영준의 본색을 다시 한번 발견하고 감탄해 마지않는다. 한편, 조씨가의 장녀 조정임은 자기 방으로 들어와 문을 걸어 잠근 후 며칠 전부터 남몰래 시작한 뜨개질을 하고 있다. 먼발치에서 양손을 벌려 영준의 체격을 어림잡아 짐작하여서 한 땀, 한 땀 정성을 쏟고 있다. 꽃다운 처녀의 섬섬옥수를 응원하는 달빛이 덩달아 밤을 새워 주면서 교교하게 흐르고 있다. 참하기로 소문 난 정임은 며칠 전, 한문 교육 시간에 가정 교사 영준이 두 글자를 써서 건네준 종이 한 장을 소중하게 품고 있다.

　'가인(佳人)'

21. 서굴 수행

　장진은 귀애고택의 당주 조진형에게 최고의 예의와 최대의 후사(厚謝)를 표하고 홀로 영천역의 기차에 올라탄다. 당시의 교통 형편상, 경부선을 타고 대전역까지 올라가 다시 장성역으로 내려가는 호남선 기차를 이용하기 위함이다. 큰아들 영준은 전쟁 중인 상황이라 각종 검문·검색을 피하고자 완벽하게 검증된 '향도(嚮導)' 하 서방의 안내에 의하여 도보로 내일 새벽에 영천에서 출발하기로 되어 있다.

　영천역을 출발하는 열차의 기적 소리가 울려 퍼진다. 조진형과 면담한 장진은 명문가인 조씨가의 훌륭한 가풍과 귀애고택의 웅장한 규모를 보고 마음속으로 깊은 경의를 표하고 있다. 귀애고택에서 하루를 묵으며 큰아들 영준으로부터 그동안의 사정을 모두 들은 장진이 수많은 생각에 잠기고 있다.

　'참으로 세상은 넓고 인재는 많구나. 대학자인 조진형 선비가 후덕한 인심으로 지역의 인민들에게 봉사하는 가풍을 우리가 배워야 할 것이야. 이번 전쟁으로 나는 인민군에 체포되어 처형될 뻔하였고, 장남은 인민군의 포로가 되었으나 구사일생으로 살아났다. 노치영 대좌나, 스미스 중위나, 조진형 선비와 같은 은인들이 적시에 우리 부자(父子)를 도와준 것은 결코 우연이 아니며, 선행을 베푼 조상님들의 은덕과 하늘의 보살핌일 것이야. 이제는 내가 그 은혜를 갚을 때가 된 것이다. 더불어 살아가는 인민들에게 현실적으로 도움이 될 수 있는 길이 무엇일까?'

　공부자(孔父子)를 떠나보내고 있는 조진형이 귀애고택의 정자에 홀로 앉아 텅 빈 가슴을 달래며 깊이 탄식한다.

'부전자전(父傳子傳)이로구나. 신사복이지만 정결한 의관이나 예법에 어긋남이 없는 언행이며, 철철 넘쳐나는 품성들이. 영준이라는 그 젊은 청년은 하 서방도 데려가고 내 딸애의 마음까지도 훔쳐 가는구나.'

애지중지 길러온 장녀 정임의 변화를 모를 리 없는 조진형이 공장진과의 대면에서 영준을 칭찬하며 장진에게 넌지시 웃음을 보였으나 공장진은 이미 오랜 친구인 최동수와 큰아들의 혼사에 대하여 약조한 사실을 생각하며 진땀을 흘려야 했다. 장진은 인생 최대의 은인인 조진형 앞에서 몸 둘 바를 모르고 계속해서 허리를 굽힐 수밖에 없었다.

"처음부터 너는 우리 가문에 속한 몸이 아니었으니, 네 의지대로 하거라."

영준을 따라가고자 사정을 고하는 하 서방에게 너털웃음을 보이며 흔쾌하게 말한 조진형이 글을 쓰면서 자신을 달래고 있다.

花笑聲未聽 鳥啼淚難看(화소성미청, 조제루난간)
- 꽃은 웃으나 소리는 들리지 않고, 새는 우나 눈물은 보기가 어렵구나.

畫虎難畫骨 知人未知心(화호난화골, 지인미지심)
- 호랑이를 그리되 뼈를 그리기 어렵고, 사람을 알되 마음까지 알기는 어렵도다.

水去不復回 言出難更收(수거불부회, 언출난갱수)
- 물이 가면 다시 돌아오지 않고, 말이 나오면 다시 거두기 어렵구나.

獨座無來客 空庭雨氣昏(독좌무래객, 공정우기혼)
- 아무도 찾아오는 이 없이 홀로 앉아 있으니, 정원은 텅 비어 있고 석양의 부슬비와 함께 날이 저물도다.

영천을 떠나기 전날 밤, 별채에 있던 영준이 일부러 수청방에 있는 하 서방의 잠자리에 찾아간다. 조진형의 허락까지 받아낸 하 서방이 들뜬 기분을 가라앉히지 못한 채, 보따리를 싸면서 내일 장성으로 향할 준비에 부산한 모습이다. 한글과 산수를 깨우친 하 서방은 장성으로 가면 영준에게 본격적으로 한문을 가르쳐 달라고 부탁할 예정이다. 준비를 마친 하 서방이 종이와 연필을 꺼내며 영준에게 말한다.

"영준 도련님. 내 이름이 '하일도'인데 한자로는 도무지 알 수 없으니."

마다할 영준이 아니다. 한참을 생각하던 영준이 하 서방이 내민 종이 위에 일필휘지로 써 내려간다.

'하일도(河一道)'

무슨 뜻인지 계속 물어보는 하 서방의 채근에 영준이 빙그레 웃는다. 영준의 설명을 들은 순박한 하 서방의 눈가에 눈물이 고인다. 이제 하 서방은 영준을 주인으로 생각하고 있다.

"나를 위해 전라도와 경상도를 넘나들었던 하 서방이 이제는 나에게 몸을 의탁하였으니, 나 영준도 그대와 같은 길을 걷고자 하네."

찬 서리가 내리고 있는 초겨울의 깊은 밤, 영준의 숙소인 별채의 마루에는 아무도 모르게 작은 보자기 하나가 사뿐히 놓인다. 휘영청 밝은 달빛만이 보자기를 놓고 종종 걸음걸이로 사라지는 한 처자의 뒷모습을 포옹하듯이 비춰주고 있다.

1951년 겨울. 시목마을 공동 우물가.

시목마을에는 세 개의 우물이 있다. 마을 서쪽에 하나, 동쪽에 하나 그리고 공씨 종갓집 마당에 하나.

매일 새벽에 아녀자들이나 어린아이들은 플라스틱이나 양철로 제작된 양동이를 들고 와서 우물가의 물을 길어 여러 번 집으로 나른다. 대부분의 집안에는 고무로 된 큰 대야가 준비되어 있고 여기에 저장된 물은 집안 식구들이 하루에 사용하는 생활용수가 된다. 아침 이른 시간에는 우물가를 사용히는 주민들이 많으므로 빨래는 금지되었다. 이곳은 오후 한가한 시간에는 세숫대야에 빨래판과 빨랫방망이를 든 아녀자들이 모여 앉아 수다를 떨며 정보를 교환하는 사교의 장이 되기도 했다.

"그런데, 요즘 종갓집에서 마당에 있는 우물의 사용을 금지했다고 하네?"

"그뿐만 아니라 거의 매일 종갓집 마당 안에서 밥을 얻어먹던 동냥치들이나 나그네들이 지금은 대문 밖에서 밥을 먹는다고 하더구먼."

"하 서방이라고 하는 새로 온 사람이 집사가 된 후에는 종갓집 드나들기가 좀 힘들어졌다는 말도 있어."

"그렇다고 종갓집의 인심이 변한 건 아니야. 예전처럼 장학금 전달이나 어려운 주민들에게 식량을 무상으로 주는 일은 여전해. 필시 무슨 곡절이 있을 거야."

공씨 종갓집의 마당에 있는 우물과 평평한 돌로 포장된 주변의 빨래터는 당시에는 '부'의 상징이었으며 공씨가의 가솔들은 공동 우물을 사용할 일도, 냇가에 가서 빨래할 일도 없었다.

거기에다가 당주 공장진이 친구들이나 주민들을 초청하여 줄기차게 벌려온 사랑방에서의 음주 문화도 사라진 지 오래다. 단, 설과 추석 명절 그리고 일 년에 대여섯 번 지내는 제사의 경우에는 예전처럼 종갓집으로 일가친척과 주민들의 행렬이 모여들었다. 그때마다 하 서방은 장진의 명에 의하여 본 저택 뒤의 고구마 동굴을 경호하는 특수 임무를 수행하게 된다. 공장진 내외를 제외하고는 그 누구도 접근을 금지했다.

'완전 범죄'를 위하여 영리한 문암댁은 일부러 동네 주민들을 초청하여 큰아들의 무사 귀환을 비는 제액굿을 봄, 가을에 한 번씩 벌렸으나 그 규모는 대단히 작았고 형식적이었다.

고구마 동굴 안에는 천석꾼 공씨 집안의 차기 후계자 영준이 남포등 아래에서 책을 읽고 있다. 은밀하게 마련된 비상 통로가 공기를 순환해 주는 역할을 하고 있다. 동굴 입구는 고구마가 쌓여 있지만, 동굴의 안쪽은 공부방이 된 것이다. 고구마의 숫자보다 더 많은 책들이 영준의 뇌리에 새겨지고 있다. 일주일마다 하 서방은 장성읍에 들러서 한 보따리의 책을 구입하여 영준에게 제공하고 있으니, 영준의 독서량은 상상을 초월할 수밖에 없다.

한겨울이지만 동굴 안은 생각보다 춥지는 않다. 문암댁이 마련한 최고의 보온 시설(짚 다발, 이불, 두꺼운 옷 등)에 더해서 귀애고택을 나올 때 부지런한 하 서방이 들고 온 보자기 안의 장갑, 목도리, 스웨터까지 여러 물품이 영준의 몸을 감싸고 있기 때문이다. 영준도 조씨가의 큰딸이 자기를 위하여 몰래 두고 간 사실을 짐작하고 있다.

주간에는 동굴 속에서, 심야에는 하 서방의 엄중한 경호하에 후원과 정제를 잇는 나무 간의 통로를 통해서 정제에 들어와 세수와 식사 등의 일상생활을 해결하고 있는 영준의 이러한 서굴 수행(薯窟 修行)은 1953년 6월의 이승만 정권의 반공 포로 석방 조치가 이루어지기까지 1년 반의 세월이 흘러야만 했다.

1953년 6월. 반공 포로들은 한국군 경비병의 묵인과 협조하에 포로수
용소에서 탈출하였다. 반공 포로들은 거제리 수용소, 영천 수용소, 광주
수용소 등 총 8개 수용소, 총 인원 35,698명 가운데 27,388명이 탈출하였
다. 국민들은 탈출 포로들을 따뜻하게 대하여 음식과 숙소를 제공해 주
었으며 심지어 영웅으로 취급하는 경향마저 있었다. 행정 기관과 국민들
이 포로들에게 옷을 주고 민가에 숨겨 주어 미군 당국의 재수용 노력도
큰 실효를 거두지 못하였다. 탈출한 포로들은 대부분 지방의 주민들과
섞여 버렸고 더구나 한국 정부 당국이 그들을 비호하였기 때문에 그들을
재수감한다는 것은 거의 불가능한 일이었다.

22. 최행순

영준이 고구마 동굴에서 수행을 시작한 지 일 년이 지난 1952년 겨울. 공씨 집안에 겹경사가 났다. 광주 서중학교 3학년에 재학 중이던 공장진의 차남 공연창(공영준의 동생)이 광주제일고에 합격한 것이다. 또한, 탱자나무 가시넝쿨을 울타리 삼아 공씨 종갓집의 바로 우측에 있는 작은집의 장남 공영호 역시 광주제일고에 동시에 합격한 것이다.

공연창은 위민원장 공재택의 손자이며, 공영호는 위민원장의 동생인 공재명의 손자이므로 둘 사이는 육촌 간이다. 말이 육촌이지, 이웃에 살면서 큰집, 작은집으로 서로 의지하며 생사고락을 같이해온 일가친척이다.

고교 평균화 제도가 시행되기 이전에는 지역마다 명문 고등학교가 있었으며 지역의 수재들이 하루 4시간씩 자면서 진학했던 고교는 경기고, 경북고, 광주제일고, 경남고, 전주고, 대전고 등이었다. 오죽했으면 '경기고-서울대'의 영문 이니셜인 'K-S'는 오랫동안 우리 사회의 엘리트를 상징해 왔다.

이후 공연창은 고려대 법대에 진학 후, 행정고시를 통해 공직으로 진출한다. 공영호는 서울대 건축과에 진학 후, 현대건설에 입사하여 부회장까지 이르게 된다.

'광주 56 동기회'의 주요 구성원인 양 공씨(공연창, 공영호)가 세상을 향하여 날갯짓을 시작한 것이다. 56 동기회란 쉽게 말해서 1956년도에 광주시에 소재한 고교를 졸업한 후 서울에 진출하여 출세한 동기들의 모임이다.

공씨가에서 큰 잔치를 벌였음은 말할 것도 없다. 수많은 일가친척과 주민들이 공씨 종갓집을 가득 채우고 잔치를 벌이고 있다. 하 서방은 여전히 후원에서 특수 임무를 수행하고 있다. 그러나 모든 사람들이 즐겁게 웃고 떠들며 취하고 있으나 정작 주인공의 부모인 공장진 내외는 겉으로는 웃으면서 손님들을 접대했지만, 속으로는 애가 타고 있으니.

"어이, 장조카님. 둘째의 합격을 축하하네. 큰아이 소식은 아직도 없는가?"

항렬이 높은 공씨 일가의 한 어른이 장진에게 축하의 잔을 권한다.

"예, 아직은."

속이 타고 있던 장진이 단숨에 잔을 비운다. 일가친척에게까지도 고구마 동굴 속에 있는 큰아들의 존재를 숨기며 살아야 했던 암울한 시절이다.

1950년대에는 한반도의 분단과 한국 전쟁으로 호적 제도가 손실되어 병역 기피를 막을 수가 없었다. 특히 전쟁 중이던 1950년 6월부터 1953년 7월까지는 극심했던 병역 기피자들의 단속이 강력하게 진행되던 시절이었다.

전쟁 기간에 많은 지역에서 호적이 손실·파손됨에 따라 임시 호적·가호적을 만들게 되었는데, 이를 통해 군대를 빼먹는 일도 빈발했다. 반대로 어떤 사람들은 호적 정리가 잘못되어 제대 뒤에 또다시 징집 영장이 나와 두 번 군대에 갔다가 탈영하여 억울하게 전과자가 되는 경우도 있었다.

1953년 6월 18일. 아침마다 커다란 라디오를 통해서 뉴스를 듣고 있던 공장진이 자리에서 벌떡 일어난다.

"오늘 새벽 0시를 기하여 이승만 대통령은 긴급 명령으로 수용 중인 북한 및 남한 출신의 모든 반공 포로를 석방하기로 결정하였습니다."

토실하게 살이 찐 영준이 눈에 검은색 안대를 하고 고구마 동굴에서
나온다. 일 년 반 동안의 동굴 생활이 끝난 것이다. 펄펄 끓는 가마솥의
뜨거운 물로 목욕하고 방죽목에서 출장 온 이발사에게 머리 손질을 맡긴
다. 하 서방이 동굴 안의 책들을 영준의 방으로 옮기는 데 꼬박 반나절을
소비하고 있다. 문암댁은 정제에서 보신용 흑염소를 요리하느라 정신이
없다. 문암댁은 집안에 환자가 발생하거나 출산 후 보신이 필요한 가족들
에게는 항상 흑염소 요리를 만들어서 먹이곤 하였다. 먼 훗날, 공씨가의
보신 요리는 최행순이 시집을 오면서 죽순을 넣은 오리탕으로 바뀌게 된
다. 봉산마을의 최씨 종갓집에도 울창한 대나무밭이 있다.

마당 안의 우물이 다시 주민들에게 개방되었으며 대문 안의 청지기 방
옆에 일 년 반 동안 철거되었던 천막(동냥치나 나그네들에게 식사를 제공하던
장소)이 다시 세워진다. 사랑방과 마당에서는 당주 공장진에게 초대된 주
민들이 푸짐한 대접을 받고 있다. 장진으로부터 그동안의 사정을 모두 들
은 주민들이 모두 놀라서 혀를 내두른다.

"그 오랜 시간 동안 감쪽같이 우리를 속였단 말이야? 두 번의 굿을 한
것도 모두 위장이라고?"

"문암 마님(김귀례)은 그야말로 제갈 조조이시네."

환한 표정의 장진에게 공씨 일가의 친척들이 연신 잔을 권한다.
이후, 고구마 동굴은 시목마을을 포함한 장성군민들의 큰 구경거리가
되었으며 특히 고구마를 일부러 늦게 수확하고 동굴 파는 일을 과장되게
소문냈으며, 위장된 굿을 펼친 문암댁의 기지(機智)는 인구에 회자되면서
유명세를 타게 된다.

1953년. 야정 공영준, 최행순의 결혼.

건강이 회복된 영준은 그해 가을에 최행순과 결혼식을 올린다.

공장진과 최동수가 한국 전쟁이 발발하기 전에 이미 약조한 일이었다. 부모의 결정대로 평생의 반려자가 될 배우자의 얼굴도 모른 채 성사되는 혼례가 당시의 시대상을 반영하고 있다.

1951년. 국립 전남대학교가 5개 대학(공대, 농대, 문리대, 상대, 의대)으로 발족한다. 1953년 영준은 전남대학교 법학과 제1회로 편입하게 된다. 동국대에 다시 복학할 수도 있었지만, 다시는 큰아들을 타지로 보내지 않겠다고 맹세한 문암댁이 내린 결정이다. 당시 새로운 구상을 하며 분주하게 장성군 일대를 휩쓸고 다니던 공장진은 장남의 '서울 수행'이 끝난 이후, 집안의 대소사를 문암댁에게 일임하였다.

한국 전쟁 발발 후, 학도병에 참가하였다가 행방불명되었던 천석꾼의 장자 공영준의 호화로운 결혼식 준비로 공씨 집안이 들썩이고 있다. 제일 바쁜 사람은 역시 문암댁과 하 서방이다.

광주농업학교 시절부터 절친했던 20년 지기인 공장진과 최동수는 양 가문의 당주이면서 각자의 성격에 따라 만들어진 가풍(家風)이 대조적이다. '위세, 명예, 운명'으로 표현할 수 있는 공씨가에 비하여 '교육, 절약, 실속'으로 맞서는 최씨가. 양 가문의 혼사는 당시 지역주민들에게는 큰 화제가 아닐 수 없었다. 공장진은 비용을 아끼지 않고 최대한 판을 벌이면서 위세를 부린다. 최동수는 최소의 비용으로 필요한 격식과 절차를 따르고 있다.

곡부공씨 가문에서 먼저 청혼서를 보내고 탐진최씨 가문에서 답장으로 허혼서가 시목마을에 도착한다. 서로의 얼굴을 보지 못한 신랑과 신부, 특히 20세의 최행순은 설렘으로 매일 가슴이 부풀어 오르고 있다.

영준의 사주단지를 싼 홍색 보자기가 봉산마을로 향한다. 최동수(최행순의 부친)는 사주를 들고 온 공씨 일가의 대표보다 하 서방을 후하게 대접하고 상당한 노자를 제공한다. 친구인 공장진에게서 이미 많은 이야기를 들었기 때문이다. 동경 유학파 신지식인인 최동수는 태어나서 처음으로 택일 점을 보고 결혼식 날짜를 정한다.

신랑 집에서 결혼식 전날 신부용 혼수와 혼서 물목을 넣은 혼수함을 보낸다. 이 혼서는 신부에게는 무척 소중한 것으로서 일부종사의 의미가 있으며 현재까지도 최행순이 보관하고 있다.

화창하게 맑은 날. 사모를 쓴 영준이 관복을 입고 하 서방이 이끄는 조랑말에 올라앉아 봉산마을로 출발한다. 영준을 흠모하던 수많은 처자들이 떠나가는 영준을 훔쳐보면서 애를 태운다. 시목마을에서부터 1번 국도를 따라 구경나온 수많은 사람들이 한마디씩 한다.

"저 얼굴이 신랑이야, 신부야!"

"신랑의 얼굴이 오히려 사모관대를 빛나게 하는구나!"

광산군 비아면 월정리 봉산마을에 위치한 최씨 종갓집의 넓은 마당이 수백 명의 인파들로 붐빈다. 신랑이 마당으로 들어오자 엄청난 함성과 갈채가 터져 나온다.

"우와! 저 신랑 얼굴 좀 봐라!"

짝! 짝! 짝! 짝!

수많은 인파들의 함성을 듣던 근엄한 성격의 최동수의 입이 귀까지 올라온다. 사위의 모습을 처음 보게 된 서금례(최행순의 모친)의 기세가 가을 하늘을 찌르고 있다.

신랑, 신부가 맞절한다. 노란 연두저고리와 금박 치마를 두른 신부의 활옷이 펄럭인다. 평생의 반려자가 될 영준의 수려한 모습을 처음 본 이십 세의 새색시 행순의 볼이 빨갛게 변하며 입가에 미소를 띤다.

"저거 봐라! 신부가 웃는다. 첫 아이는 딸이 될 것이야!"

지켜보던 축하객들의 웃음소리가 봉산마을을 뒤덮는다.
87세의 최행순은 곡부공씨 종부로 시집온 지 66년의 세월이 지난 현재까지 모든 이들이 떠나간 시목마을의 종갓집을 홀로 지키고 있다.

23. 얼굴값

1953년 늦가을 오전. 장성역에서 하 서방이 시간을 보면서 기차에서 내리는 승객들을 일일이 확인하고 있다. 대합실 안에는 긴장한 표정의 문암댁(최행순의 시어머니)이 품속에 들어있던 편지를 다시 꺼내서 읽고 있다. 큰아들 영준의 결혼식이 끝나고 한 달이 지난 후에 갑자기 날아온 명회의 편지는 오로지 문암댁만이 알고 있는 비밀이다.

명회는 장충동에서 하숙집을 운영하던 정씨의 큰 딸이다. 1950년 6월 25일, 라디오를 통해서 전쟁 소식을 들은 명회 가족은 피신하기에는 이미 시기를 놓친 것이다. 명회는 전쟁과 함께 사라진 하숙생 공영준의 소식을 애타게 기다리면서 한국 전쟁을 겪어야 했다.

하루하루가 공포의 나날이다. 인민군의 점령으로 공포 분위기에 휩싸인 서울은 인천 상륙작전 이후부터는 미군의 폭격기들이 매일 출동했다. 폭탄은 인민군과 시민을 구분하지 못하기 때문에 대피하는 것 외에는 방법이 없었다. 명회는 그 와중에도 영준의 책과 소지품을 소중하게 보관하고 있었다.

1950년 3월. 영준이 하숙생으로 들오면서 여고 1학년생 명회의 짝사랑은 시작되었다. 학사모와 망토를 입은 영준의 모습은 17세의 가슴을 뛰게 하였고 수많은 밤들을 지새우게 하였다.

"영준 오빠! 이것 좀 알려 주세요."

방과 후, 학교 숙제를 핑계 삼아 영준의 하숙방을 찾는 귀여운 명회를 보며 이제명과 영준이 환하게 웃는다. 명회는 거의 매일 엄마 모르게 영준을 위하여 간식을 준비하고 있었다. 이 시기는 영준의 동국대 법대 동기생인 이제명도 매일 영준의 하숙집 독방을 찾던 시절이었다.

휴전 후에 안정을 찾은 명회가 제일 먼저 한 일은 영준의 고향인 장성을 찾는 일이었다. 하지만, 문암댁(공영준의 모친)으로부터 영준이 이미 결혼하였다는 소식을 전해 들은 명회는 서울에서 내려올 때 들고 왔던 큰 가방을 하 서방에게 넘기고 다시 장충동으로 향하게 된 것이다. 20세의 처녀가 들기에는 상당히 크고 무거운 가방 안에는 하숙생 영준의 책과 물품들이 가득 들어있다. 장성역을 막 출발하는 서울행 열차 안에서 명회가 기적 소리를 이용하여 통곡하다가 열차의 출발과 함께 소리 없이 흐느끼고 있다.

나중에 사실을 알게 된 새댁 행순은 생각한다.

'결혼 전의 사소한 일이므로 큰 문제가 되지 않는다.'

신랑 영준의 첫 번째 '얼굴값'은 이렇게 막을 내리게 된다.

이후 애지중지 자라온 최씨가의 장녀 최행순의 만만치 않은 시집살이가 시작된다. 천석꾼 공씨가의 오대(五代) 종부(宗婦)인 행순에 대한 검증과 조련이 시작된 것이다. 당시에 공씨가의 곡간 열쇠는 안방마님인 시어머니 문암댁이 가지고 있었다.

결벽증을 가진 독재자 문암댁(최행순의 시어머니)은 이십 년 전에 본인도 위민원댁에게 배웠던 세 가지의 조건을 제시한다.

첫째는 종갓집으로서 명절과 제사에 대한 공씨가의 전통을 철저히 이행하는 것이며,

둘째는 절약 정신을 통해 천 석의 재산을 유지하면서,
셋째는 어떠한 경우에도 주변의 인심을 잃지 않는 일이었다.

공씨가의 이러한 불문헌법(不文憲法)은 4대의 100년 동안 이어져 왔으나 오늘의 조련사인 문암댁은 자신의 시대에 대부분의 전통이 사라지게 될 줄이야 꿈엔들 생각할 수 없었다. 지켜야 할 천 석의 재산이 사라지니 주변의 인심도 사라지고, 명절과 제사의 비용을 감당할 수 없는 시절이 다가오고 있었다.

고부갈등(姑婦葛藤)이라는 말조차 없었던 당시의 시대 상황에서 '귀머거리 삼 년, 벙어리 삼 년, 눈 봉사 삼 년'의 세월 동안 새댁 최행순은 큰 어려움 없이 적응한다. 한 예법 하는 친정에서 교육자 최동수로부터 충분한 훈련을 받고 온 행순은 대동소이(大同小異)한 명절과 제사에 큰 어려움 없이 적응하였고, 친정보다 상대적으로 규모가 엄청나게 크고 많은 비용이 사용되는 첫 번째 조건을 개혁하기로 생각한다.

절약 정신은 오히려 며느리인 최행순을 통해서 공씨가에 새롭게 자리 잡았다고 할 수 있을 정도이며, 가장 난해한 세 번째 조건에 대해서는 많은 의구심을 가져야 했다.

'인심을 유지하기 위해서는 꼭 재물이 있어야 하는가?'라는 숙제가 그것이다.

공씨가의 불문헌법에 가장 적합한 며느리인 최행순은 시목마을을 중심으로 사방 십 리에 펼쳐져 있었던 천 석의 재산을 한 번도 쥐어보지 못한 천석꾼 공씨 집안 최후의 며느리였으며 자식들에게는 가난을 물려줄 수밖에 없었던 최초의 어머니가 된 것이다. 그뿐만 아니라 재물과 함께 사라져가는 주변의 인심마저도 극복해야 했던 몰락하는 곡부공씨의 막차를 탄 인생이 되었다.

1954년 여름. 20대 초반의 새댁 행순의 얼굴이 통통 부어있다.

행순은 임신한 몸이었다. 누구에게나 있는 시집살이의 어려움은 아니다. 그것은 전남대 법대 2학년에 재학 중인 신랑 영준의 두 번째 '얼굴값' 때문이다. 영준은 본인의 의사와 관계없이 언제 어디서나 사건에 휘말린다. 쉽게 말해서 '엮이는 운'이라고 표현할 수 있다.

'결혼한 지 일 년도 안 됐는데, 벌써 두 번째야!'

행순은 영준의 책상을 정리하다가 우연히 발견한 사진 수십 장을 갈기갈기 찢어서 아궁이 속에 집어넣고 불태우고 있다. 며칠 전에 전남대 법학과 학생회장 영준은 방학을 이용하여 십여 명의 학우들을 시목마을로 데려왔다. 그중에는 아름다운 용모의 여대생이 세 명이나 있었다. 문암댁의 푸짐한 후원을 받은 영준은 온종일 학우들과 천지동의 포도밭에서 파티를 벌였다. 대나무밭 뒤쪽에 있는 천지동이라고 하는 동산의 정상에는 포도밭이 있었으며 동산의 대부분은 공장진의 소유였다.

그중 한 여대생과 눈이 마주친 행순이 뭔가를 느낀 것이다. 여자의 촉은 놀랍도록 빠르고 정확하다. 오늘 찢긴 수십 장의 사진 속에는 신랑 영준과 다정한 포즈로 눈빛을 교환하고 있는 두 남녀가 있었다.

부러울 것 없는 영준의 학창시절이 지나고 있다. 졸업과 동시에 그가 겪어야 하는 시련과 좌절의 시대가 다가오고 있음을 모른 채로.

1957년. 야정 공영준 법대 졸업.

24. 신원 조회

　1956년. 전남대 법대 4학년에 재학 중이던 영준이 공무원 시험을 위해서 금남로의 전라남도 도청으로 향한다. 원서 접수처 밖까지 늘어선 긴 행렬 속에서 차례를 기다리는 영준은 이제 한 아이(장녀, 공현라)의 아버지가 된 상태이다. 삼삼오오 모여 수입인지(收入印紙)를 붙이는 모습, 원서 접수 요원들의 바쁜 손놀림 등은 온라인으로 원서를 접수하는 지금은 볼 수 없는 광경이지만, 필기시험과 면접을 걸쳐서 최종합격자를 발표하는 형식은 현재와 비슷하다고 할 수 있다. 영준은 보통 고시에 가볍게 통과하여 7급 공채로 선발되었다. 첫 부임지는 전남도청이 되었다.

　1957년 봄. 영준이 공무원에 임용되어 전남도청에서 근무하던 어느 날, 두 명의 건장한 군인이 영준의 사무실에 들어온다. 군복 차림이지만 특이하게 긴 머리를 유지하고 있다. 회의실로 소환당한 영준에게 두 명의 요원이 영준을 향하여 서류 뭉치를 던지며 그를 몰아붙인다.

　"공영준 씨! 1950년에 거제도 포로수용소에 수감되었던 인민군 출신이잖아!"

　"여기가 어디라고 와서 자리를 잡고 있나?"

　"당신과 같은 불순분자에게 나누어줄 공직은 없어!"

　"반공 포로는 병역의 의무가 없지만, 병역 미필자 특별 조치법 규정에 의하여 공직의 임면(任免)에 제외된다는 사실도 몰라? 당신은 임용은 즉각 취소야!"

　군인들이 제시한 서류를 보던 영준이 경악을 금치 못한다. 한국 전쟁

이후 인민군의 포로, 거제수용소 수감 그리고 행방불명 처리된 자신의 과거가 철저하게 기록되어 있었기 때문이다.

당시의 열악했던 행정 구조상, 국가는 전후 복구 등 시급한 업무를 처리하기 위하여 새롭게 임용된 공무원에 대하여 사후에 신원 조회를 진행했다.

전남도청 공보실(公報室) 안에서 영준이 개인 사물을 정리하고 있다. 영준의 등 뒤에는 3개월 동안 정이 들었던 수많은 직원들의 눈초리가 화살처럼 박히고 있다.

"뭐야! 인민군이라고?"

"반공 포로 출신이라고?"

영준을 태운 지프가 어디론가 향하고 있다. 영준은 어둡고 폐쇄된 지하에서 온종일 조사를 받고 풀려나온다.

〈신원 조회서〉

수신: 전라남도지사
제목: 공영준에 대한 공무원 임용 취소에 관한 의견서
인적 사항: 별첨
내용: 상기자는 1950년 동국대 법대에 재학 중 6·25 사변이 발발하자 대한민국의 학도병으로 참전하였으나, 인민군 △△연대의 포로가 되어 복무한 사실이 있음. 동년, 다시 미군의 포로가 되어 거제도 포로수용소에 수감되었음. 1951년 78 포로수용소 자치회장으로 수감생활을 하던 중 행방불명 처리됨.
의견서: 병역 미필자 특별 조치법 규정에 의하여 공직의 임용이 불가함.

3년 동안의 한국 전쟁은 수백만 명의 인명 피해와 산업 시설과 주택을 파괴했을 뿐만 아니라 28세의 젊은 나이인 영준의 인성을 파괴하기 시작한 것이다.

일제 강점기에 각 지역에서 위세를 떨쳤던 금융 조합이 폐지되고 농업은행(農業銀行, Agricultural Bank)이 1958년 4월 1일 대한 금융 조합 연합회와 휴전선 이남에 있던 금융 조합의 단위 조합들을 기반으로 설립된다. 대학 졸업 후, 무직으로 좌절하고 있던 영준은 여섯 살의 딸 '현라'와 갓 태어난 '은식'의 맑은 눈동자를 생각하면서 입사 지원서를 제출한다.

전국 162개소 중의 하나인 전라남도 광주 지부에 공영준이 두 번째로 취직한 것이다. 고등고시 이외에 모든 서류 전형과 필기시험에 합격할 수밖에 없는 당시의 영준이었다.

광주농고의 동문회 활동을 접은 지 한참이 되었고 전남대학교 법대 1회 동기회장직을 사퇴한 영준은 더 이상 동문회에 나가지 않고 있다. 대기업과 공무원, 국·공립학교 교사, 경찰, 장교 등의 공직으로 진출한 동기생들의 명함을 받을 때마다 술잔을 기울여야만 하는 자신의 신세가 처량했기 때문이다. 영준의 알코올 섭취량이 점점 많아지고 그 빈도도 늘어나고 있다.

'공무원도 아니고 설마 은행까지야.'

1년 전, 사후 신원 조회를 통해 3개월 만에 임용이 취소된 아픈 기억을 삼키면서 29세의 영준이 활기찬 직장생활을 다시 시작하고 있다. 당시에 부친인 공장진은 남면장에 재선되어 재직 중이었으며 광주제일고를 졸업한 동생 연창은 고려대 행정학과에 재학 중이었다.

농업은행에서 영준에게 발행한 사령장(辭令狀)의 잉크가 마르기도 전에 신원 조회서 한 장이 등기우편으로 농업은행 광주 지부에 도착한다. 인사부서장이 신입사원 영준을 불러서 개인 면담을 한다.

멋진 신사복 차림의 영준이 충장로로 홀로 걸어 나온다. 하얗게 질린 그의 얼굴과 멍한 눈동자가 술집을 찾고 있다. 영준은 기억이 상실될 때까지 홀로 술을 마시다 쓰러진다. 다음 날 아침에 하 서방의 등에 업힌 채, 영원한 실업자 공영준이 시목마을에 도착한다. 향후 영준은 계속해서 사회로의 진출을 꾀하였으나 결과는 항상 동일하였다.

'말로 공부해서 되로도 쓸 수 없는' 영준의 성품이 변해 간다. 술에 의지하는 시간이 많아진다. 서서히 침몰하고 있는 천석꾼 공씨가의 재물처럼, 영준의 인생도 끝을 모르는 낭떠러지로 향하고 있다.

1958년. 공장진은 제2대 민선 남면장 선거에서도 낙승(樂勝)한다. 재선에 성공한 것이다. 전국 901개 시·읍·면장을 주민이 직접 선출하여 지방 자치 발전의 전기를 이룩한 1958년의 상황이 바탕이었다. 당시의 시·읍·면장 당선자의 연령별 분포를 보면 40대가 49.3%로 가장 많고, 학력별로는 국졸이 46.9%, 중졸이 38.6%, 대졸이 3.4%로서 94.1%가 중졸 이하였다. "알아야 면장을 한다."라는 말이 유행했던 시절이다.

장성군 일대에서 공장진의 위세는 실로 대단하다. 든든하게 뒤를 받쳐 주는 천 석의 재산이 있었고, 타고난 사교성과 통솔력으로 군민들의 인심을 사로잡은 공장진은 장성군 산하 11개 읍·면장 협의회장을 겸하고 있었으며 각종 장학 사업, 문화 사업, 환경 개발 사업, 군민들에 대한 구휼(救恤) 사업을 시행하고 있다. 또한, 이 모든 사업들의 재원은 대부분 공장진의 사재로 충당하고 있다.

'공씨가의 4대 100년 동안 창업한 천 석의 재산은 개인의 것이 아니다. 우리가 잠시 맡아 두었던 것이며, 주인인 백성들에게 골고루 분배해야 한다.'

8년 전, 한국 전쟁에서 극적인 사건으로 다시 태어난 장진은 자신에게 주어진 숙명적인 과업을 이행하고 있다. 하지만 그 재원에도 한계는 있다. 공씨가의 천 석의 재산이 몰락하는 과정을 정밀하게 분석해 보자.

위민원장 공재택은 40대 중반에 상처(喪妻)한다. 재택은 재혼하면서 장진에게 당주의 자리를 넘겨주고 시목마을 내에 새집을 마련하여 살림을 차려 나간다. 위민원의 간판도 동시에 내려진 것이다. 위민원을 통한 수입도 중단되었다.

한국 전쟁 당시, 엄청난 분량의 방죽목 쌀 창고의 모든 곡식은 인민군에 의하여 민초들에게 분배되었다. 그뿐만 아니라 주민들에게 돈을 빌려준 채권의 증서도 모두 소각되었으며 이후에도 공장진은 받을 생각을 하지 않았다. 이를 소규모의 '사채 동결 조치'라고 표현할 수 있다. 다만, 전쟁이 끝난 후에 토지는 관공서의 확실한 근거에 의하여 공씨가의 소속으로 되돌아왔다.

시골에서 보기 힘들었던 대학생인 공장진의 두 아들은 서울과 광주시에서 모두 고등학교와 정규 대학교를 졸업하였다. 하숙집 밥을 질리도록 먹었다는 차남 공연창의 회고도 있다. 여기에도 막대한 교육비가 투자되었다.

공장진은 두 번의 남면장 선거에서 선거 자금을 넘치도록 사용하였다. 장진은 선거 자금이야말로 군민들에게 재산을 분배할 수 있는 절호의 기회라고 인식하였다.

손이 큰 공장진의 문어발식 각종 경조사 비용, 그리고 종갓집의 명절과 제례 비용은 명함조차 내밀 수 없는 상황이었다.

이어서 2대에 걸친 남면장 재직 기간 중 8년 동안의 각종 대민 지원 사업과 구휼 사업으로 사재 출연이 이어졌으니 천 석이 아니라 만 석의 재산인들 감당할 수 없었을 것이다.

논이 팔려나가고 밭이 사라진다. 방죽목 쌀 창고의 생쥐들도 떠나갈 정도이다. 1960년도 초반에 비아장터의 아동들이 부르는 노래를 들어보자.

"미랑아! 미랑아! 어디로 가느냐?"

"천석꾼 재산은 어디로 갔느냐?"

"말을 타고 갔느냐, 새가 물어 갔느냐?"

25. 천 석으로 지킨 약속

1961년 5월 16일. 매일 아침 출근 전에 라디오를 통해서 뉴스를 듣던 남면장 공장진이 움찔한다.

"첫째, 반공을 국시의 제일의(第一義)로 삼고 지금까지 형식적이고 구호에만 그친 반공 태세를 새정비 및 강화한다."

박정희 소장을 포함한 장교 250여 명, 사병 3,500여 명이 한강 다리를 건너서 군사 정변을 일으킨 후, 제일 먼저 언론 기관을 장악하고 보도를 통제하면서 6개 항의 혁명 공약을 발표하고 있다.

이 당시는 1954년 그리고 1958년 선거에서 재선된 공장진의 임기가 1년 정도 남은 상태였으며 장진은 벌써 3선을 위하여 다가올 선거를 준비하고 있던 상황이었다. 최근 공장진 내외는 불화가 심한 상태이다. 공장진이 남면장으로 재직하면서 7년 동안 벌이고 있는 각종 대민 지원 사업을 통해서 천 석의 재산이 거의 바닥 났기 때문이다. 곡간 열쇠를 쥐고 있는 문암댁으로서는 이러한 상황을 모른 체할 수는 없었다. 더더욱 문암댁의 가슴을 태우고 있는 것은 큰아들 영준이 대학을 졸업한 지 5년이나 지났으나 아직까지 별다른 직업이 없이 방황하고 있기 때문이다. 영준은 당시 결혼한 지 8년 차였으며 슬하에 일남이녀(현라, 은식, 연라)를 두고 있었다.

"만 석은 하늘이 내리는 것이지만, 천 석의 재산은 사람의 노력으로 언제든지 회복이 가능한 것이네. 나머지 재물을 다 소비해야만, 우리 후손들이 다시 일어설 수 있네. 나는 지금 그 바탕을 마련하고 있는 것이야."

공장진이 항상 부부싸움을 할 때마다 문암댁에게 펼치는 논리이다. 공장진이 두 번의 선거를 모두 압승한 요인은 실질적으로 선거를 총지휘한 문암댁이 치밀한 계획과 기민한 대응으로 군민들의 인심을 사로잡았기 때문이다. 부군인 장진의 주장에 대하여 그 내용과 배경을 너무나 잘 알고 있는 문암댁이었지만, 이제는 사정이 달라졌다.

"나머지 재산이 얼마인지 알고서 하시는 말씀입니까? 7년 동안 그만큼 했으면 됐지, 남아있는 자식들은 무슨 죄입니까? 한 번 더 선거에 나간다면 사람의 목숨값은커녕 우리 공씨 집안은 알거지가 될 것입니다."

부아가 치민 문암댁은 최근 5년 동안 맡고 있었던 장성군 부녀회장직마저 내려놓은 상태이다. 그 직을 수행하기 위한 품위 유지비를 마련하기 힘든 살림살이가 되었기 때문이다. 문암댁이 하 서방을 시켜서 최근에 작성한 재산 목록을 장진에게 내밀지만, 집안일에 별다른 관심이 없는 장진은 항상 이를 외면하고 있다.

하지만, 그들은 더 이상 부부싸움을 할 필요가 없어진다. 5·16 군사 정변으로 권력을 차지한 권위적 성향의 군인들은 자치와 분권으로 인하여 야기될 수 있는 갈등과 비능률을 반대하여 1962년도에 지방 자치제를 중단시켰고 강력한 군사 행정하에서 일방적인 하향식 행정을 진행한 것이다. 5·16 쿠데타는 공씨 집안에 커다란 후과를 만들고 있다.

하 서방이 방죽목 쌀 창고에서 1번 국도를 따라 북쪽에 위치한 영신마을로 향하고 있다. 황소가 이끄는 달구지 위에서 책을 읽고 있는 하 서방의 독서량은 이미 상당한 수준이 되었다. 달구지에는 쌀 한 가마니와 여러 가지의 식자재가 실려 있다. 공장진의 지시에 의하여 하 서방은 문암댁 모르게 매달 영신마을로 향하고 있다. 영신마을에는 병석에 누워있는 홀어머니를 모시고 힘들게 살아가는 소년 가장이 살고 있다. "참새에게 모이를 주러 간다."라고 하는 말은 공장진과 하 서방만이 통하는 암호이다. 수년 동안 이어진 장진의 이러한 기부 행위도 천 석의 재물과 함께 사라지게 된다.

'귤화위지(橘化爲枳)' 회남의 귤을 회북으로 옮겨 심으면 탱자가 된다는 뜻으로, 환경과 조건에 따라 사물의 성질이 변함을 이르는 말이다. 하 서방의 상태를 한 마디로 표현하면 '동지서귤(東枳西橘)'이라고 표현할 수 있다. 동쪽에서 넘어온 탱자가 서쪽에서는 귤이 되었다는 뜻처럼, 장성군으로 넘어온 하 서방의 지식수준은 이제 웬만한 고교생 수준 이상이 된 것이다. 홀몸인 하 서방은 주경야독하면서 영준의 책을 대부분 읽어 왔다.

5·16 군사 정변 이후, 혁명 군부에서 파견 나온 30대 초반의 육군 장교가 장성군의 모든 권력을 장악할 무렵, 방죽목 술집에서 만취한 후에 시목마을로 돌아오던 장진이 말고삐를 잡은 하 서방에게 말한다.

"조만간 마시장에 가서 이 미랑이를 팔고, 그 돈은 내가 별도로 지시할 때까지 잘 보관하고 있도록 해라."

몇 달 후, 공씨 집안 최후의 집사 하 서방은 최단 기간 재직하였으면서도 최고의 새경을 받으며 떠나가게 된다. 장진은 큰아들의 생명의 은인인 '하일도'에게 애마 미랑을 태워서 보낸 것이다. 이제는 하 서방이 관리해야 할 정도의 전답과 재물도 모두 사라졌기 때문이다.

1962년 겨울.
눈보라가 몰아치는 장성군 남면 일대를 공장진이 빠짐없이 돌고 있다. 8년 동안 재직했던 남면장에서 물러나게 되면서 퇴임 인사를 하는 것이다. 면적 30㎢에 펼쳐진 10개의 리(분향리, 녹진리, 덕성리, 마령리, 평산리, 행정리, 월정리, 삼태리, 월곡리), 44개 마을, 2,000여 가구, 15,000여 명에게 선정을 베푼 '목민관(牧民官)' 장진이 지역 내의 주민들을 일일이 만나기 위하여 족히 일주일 이상을 투자하고 있다.

주민들은 장진의 상징이 되어 버린 중절모와 회색 목도리 그리고 무릎까지 내려오는 두껍고 긴 검은색 외투의 복장을 보면서 앞다투어 악수를 청하고 덕담을 한다.

"공 면장님. 정말로 감사드립니다. 한 번 더하시고 나중에는 장성군수까지 하실 거라고 우리는 믿고 있었습니다만, 세월이 하수상하니…"

순간, 장진의 뒤에서는 권총을 찬 중사 계급의 군인이 수행(감시)하고 있다가 정색하면서 귀를 기울인다. 애마 미랑을 떠나보낸 장진의 도보 행군이 왠지 쓸쓸해 보인다. 예전처럼 어린아이들의 모습이 보이지 않는 이유는 장진의 주머니가 텅 비어 있기 때문이다.

재직 시절에 사재를 털어서 만든 공동 우물과 도로, 냇가를 연결하는 다리와 제방, 각종 기념비와 장학금을 출연했던 초등학교를 지난다. 이제는 타인의 소유가 되어버린 수많은 논과 밭들을 지나면서 장진이 생각한다.

'나는 약속을 지켰으며, 최선을 다했다. 나 한 세대만 사는 세상이 아니다. 인심을 잃은 재물은 의미가 없다. 나의 후손들은 천 석의 재산을 반드시 되찾을 것이야.'

장진이 그의 마지막 행선지인 방죽목의 쌀 창고를 열어본다. 수백 석의 미곡은 사라진 채 들쥐들만 기어 다닌다. 단골인 방죽목 술집에 들어선 장진이 술잔을 들기 전에 자신의 소감을 글로 적는다.

人心朝變夕 山色古今同(인심조변석 산색고금동)
 - 사람의 마음은 조석으로 변한다지만 산색은 변함이 없고

江山萬古主 人物百年客(강산만고주 인물백년객)
- 강산은 만고의 주인이며 우리는 한 시대의 손님이리라.

世事琴三尺 生涯酒一杯(세사금삼척 생애주일배)
- 세상사는 거문고 소리에 잊어버리고 한평생이 술 한 잔이로세.

靑天一張紙 寫我腹中詩(청천일장지 사아복중시)
- 푸른 하늘을 종이로 삼아서 네 마음속에 품은 시를 쓰고 싶구나.

오늘따라 주모의 인사치례가 특별하다.

"공 면장님. 수고하셨습니다. 그 멋진 외투를 입고 당당하게 걸어 다니는 모습을 또 뵙기를 바랍니다."

술잔을 들이키던 지천명(知天命)의 공장진의 얼굴이 창백해진다. 얼마 전부터 목덜미가 뻐근해지고 눈 주위가 떨려오는 증상이 재발한 것이다. 공장진의 단골인 방죽목의 술집은 나중에 사라지게 된다. 강산이 두 번 바뀐 후에, 술집은 '전방(廛房)'이 되었고 노파가 된 그 주모는 시목마을에서 1번 국도를 따라 당당하게 걸어오는 공장진을 발견한다. 할아버지인 공장진의 두껍고 긴 검은색 외투를 입고 흰 고무신을 신은 대학생 공은식(공장진의 맏손자)의 모습이었다.

천 석의 재산이 모조리 사라진 후, 공장진의 손자들은 외출복과 신발은커녕 교통비마저 없어서 중도에 학업을 포기해야만 하는 흑역사가 다가오고 있었다. 허름한 복장과 달리 공은식의 기세등등하고 자신감 있는 눈빛을 바라보던 노파가 속으로 생각한다.

'그분의 후손이 분명하구나.'

26. 창살 없는 감옥

1964년. 영준의 차남인 문식이 태어나던 해에 기울어가는 공씨 집안에서는 대대적으로 가옥과 마당의 주변 시설에 대한 개보수 작업이 이루어진다. 십 분의 일 수준으로 줄어든 재물과 전답의 형편에 맞게 집안의 시설물에 대해 재편성하고 있다. 넓은 마당의 우측에 있었던 정자를 없애고 연못도 메꿔진다. 외양간이 축소되고 불필요한 사랑방과 청지기방도 사라진다. 주요 시설들이 없어진 만큼 넓어진 마당은 고추, 상추, 오이, 호박 등을 재배할 채소밭으로 용도가 변경된다.

"갈 숲 지나서 산길로 접어들어라.
몇 구비 넘으면 넓은 들이 열린다.
길섶에 피인 꽃 어찌 이리도 고운지.
텅 빈 지게에 갈잎 물고 나는 간다."

평밭동의 고구마밭에서 온종일 일하고 품삯을 받아든 문암댁이 집으로 돌아오기 전에 냇가에 앉아 갈대를 꺾고 있다. 귀신에게 홀린 듯, 멍한 표정을 지으며 노래를 부르는 문암댁은 이제 오십 대 중반이 되었다. 평밭동 이만여 평의 고구마밭은 이미 타인의 소유가 되었으며 맨 우측 끝자락의 산소 자리와 공필장 효행비만이 공씨 집안의 소유로 남아있다. 자존심 강한 천석꾼의 안방마님이었던 문암댁은 오늘 최초로 일용직 노동자가 되어 남의 땅에서 일하고 집으로 돌아오는 길이다.

천지동 정상의 중앙에 있는 포도밭의 원두막 위에서 영준이 홀로 앉아 깊은 시름에 젖어 있다. 원두막 위에는 술병들이 흩어져 있으며 재떨이에는 꽁초가 수북하게 쌓여있다. 그에게 있어서 대학 졸업 후 10년 동안 대한민국은 창살 없는 감옥이었으며 보안 요원은 간수의 역할을 하였다. 한

평생 무기수로 살아갈 수밖에 없었던 영준이 가장 힘들어했던 것은 형량보다 더 무서운 주변의 시선이었다.

인생의 황금기인 이십 대 후반에서 삼십 대 초반까지 영준은 술과 담배를 위안으로 삼았으며, 홀로 고민하고 밤새워 괴로워하며 세상을 원망하기만 하였다. 독서광이었던 영준이 책을 멀리한 지도 어느덧 수 년의 세월이 되었다.

'나는 날고 싶다. 하지만 사슬에 묶인 몸이다. 무엇이 해결책인가? 세월인가, 인내인가, 혁명인가? 결국은 거철(拒轍)에 맞서는 당랑(螳螂)의 신세로 끝날 것인가?'

다음 해인 1965년. 전라남도 광주시 송하동에 숙문중·고등학교가 개교한다. 약 7년 동안의 공백 기간을 떨치고 다시 일어선 36세의 공영준이 드디어 교편을 잡는다. 숙문학교는 아직 문교부의 정식 승인을 받기 전이므로 영준은 신원 조회를 받아야 하는 공직(公職)에서 제외되기 때문에 가능한 일이었다.

법학과 출신의 영준이 담당한 과목은 역사와 정치·경제이다. 그러나 영준의 이러한 교사 신분은 약간의 위안이 되었을 뿐, 해결책은 되지 못한다. 5년 후, 숙문학교가 정식 학교법인 설립 인가를 준비하는 과정에서 영준은 다시 한번 비자발적 실업자가 되어야 했기 때문이다. 이 당시로부터 1969년까지 약 5년 동안 공영준은 처음으로 대한민국의 감시로부터 시한부 해방이 되었다.

공영준 내외는 4명의 자녀(은식, 연라, 현옥, 문식)들을 데리고 시목마을에서 광주시의 변두리인 유덕동의 작은 가옥으로 이사한다. 큰 딸인 현라는 이미 장성군 내의 분향초등학교에 재학 중이었으므로 시목마을에서 학업을 이어갔으며 초등학교 졸업 후에 숙문중학교에 입학하게 된다.

숙문학교의 도서관에서 김주현이 수많은 책들을 정리하고 있다. 새로 들어온 책을 도서 대장에 기재하고 분야별로 구분하여 긴 책장 속으로 가져간다. 도서 대출 기록부를 확인한 주현이 대출 기한을 넘긴 학생들의 명단을 들고 교실을 돌아다니며 책을 회수한다.

전라남도 승주군 쌍암면에서 광주시로 유학을 온 김주현은 학교 근처에서 자취 생활을 하고 있다. 학교의 도서관장을 겸직하고 있었던 주현의 담임 공영준은 '애제자(愛弟子)' 주현에게 도서관 열쇠를 맡겼다. 이는 그렇지 않아도 책 욕심이 많던 김주현이 당시의 학창시절에 많은 독서를 할 수 있었던 기회가 된다.

역사와 정치·경제 시간이 되면 김주현은 바쁘다. 담당 교사 공영준을 대신하여 학생들을 가르치는 선생님이 되어야 했기 때문이다. 영준은 공부 잘하고 똑똑한 김주현에게 자신감과 리더십을 발휘할 수 있는 기회를 제공하였고 주현 역시 이를 잘 활용하여 자기계발에 온 힘을 쏟았다. 강단에 서기 위해서는 많은 예습과 연구가 필요하다.

1969년 숙문고등학교 근처의 허름한 술집에서 불혹(不惑)의 영준이 막걸리를 마시고 있다. 그는 아직도 자신을 미혹(迷惑)하고 있는 세상사를 한탄하고 있다. 영준은 내년부터 숙문학교에 출근할 수 없는 입장이 되었다.

헌헌장부(軒軒丈夫)가 된 고등학교 3학년생 김주현이 은사인 영준에게 술을 따르며 안주인 불고기 찌개를 먹고 있다. 당시 현라(공영준의 장녀)는 고등학교 1학년에 재학 중이다. 현라와 주현이 교제 중임을 진작부터 알고 있는 영준이 호탕하게 말한다.

"김주현! 내 아들을 할 것이냐, 아니면 나의 사위가 될 것이냐?"

"예! 아들과 같은 사위가 되겠습니다."

밤 10시가 넘어서, 얼큰하게 취한 영준은 미인가 사립학교 교사 5년 생활 동안 유일한 수확이 된 애제자 김주현에게 몸을 의지하면서 절규하고 있다.

"가슴 아프게, 가슴 이프게 바라보지 않았으리. 갈매기도 내 마음같이 목메어 운다."

만취한 은사를 부축하고 김주현이 영준의 집인 유덕동으로 가서 마중 나온 사모님(최행순)과 현라에게 영준을 인계한다. 세 살의 충식을 등에 업은 현라와 주현의 눈빛이 서로 교차하고 있다. 영준의 18번이 된 가수 남진의 노래 가사처럼 영준의 가슴은 아픈 것이 아니라 갈기갈기 찢기고 있다. 〈가슴 아프게〉는 지금까지도 공씨가의 육 남매들이 친목 모임을 할 때마다 합창하는 노래이다.

김주현은 군 전역 후 롯데 그룹에 입사하였고, 공현라와 결혼한다. 그의 어깨에는 이미 9명의 식구를 부양해야 하는 삶의 무게가 기다리고 있었다. 양부모, 주현 내외 딸(수연, 승연) 그리고 동생들, 혈혈단신으로 속옷 가방 하나를 들고 상경한 김주현은 9명의 의식주와 교육을 책임지는 것은 물론 치열한 독학을 계속하면서 출세 가도를 달리게 된다. 그의 옆에는 내조의 여왕 공현라가 버티고 있었기 때문이다.

현재까지도 '공주현'은 처남(은식, 문식, 충식)들을 챙기는 바른 생활을 지속하고 있다. 공주현이란 그 어려운 시절 공씨가의 아들들이 자리를 잡기 전에 공씨가의 대소사에 기여하였고 공씨가에 동화된 자랑스러운 매형을 처남들이 부르는 애칭이다.

27. 부활

1970년 봄. 숙문학교의 교사 생활을 마친 영준 내외가 다시 시목마을로 돌아온다. 고등학교 2학년에 재학 중인 장녀 현라를 제외한 오 남매(은식, 연라, 현옥, 문식, 충식)가 다시 본가에서 생활하게 된다. 당시에 장남 은식은 장성남중학교 1학년으로 입학하였다.

그해 겨울, 최행순이 7살 문식과 5살 충식의 손을 잡고 친정인 봉산마을로 향하고 있다. 절박한 상황에 처한 행순은 스스로의 결심을 친정아버지인 최동수에게 전하고 어린 두 아들을 친정에 맡기려 함이었다. 버스를 타 본 경험이 없는 충식이 봉산마을 입구에서 내리자 심한 차멀미로 구토하면서 어지럼증을 호소한다. 행순은 불쌍한 막내를 업는다. 찬 바람이 몰아치는 한겨울에도 문식과 충식의 복장은 아직 가을이다. 손등과 입술이 부르튼 두 아들은 장갑, 목도리는 고사하고 검정 고무신에 셔츠 서너 벌을 껴입는 것만으로도 감사할 정도이다. 행순은 드디어 영준과 헤어질 생각을 한 것이다.

'현라, 은식, 연라, 현옥은 모두 학교에 다니고 있어서 한글을 배웠으니 자기 앞가림은 알아서 할 것이야. 친정아버지께 광주시에 셋방이라도 하나 얻어달라고 하고, 식당을 다니던지, 뭘하던지 어린 두 아들만 내가 키우기로 하자.'

행순의 이러한 결심을 하게 된 이유는 은퇴한 시아버지 공장진과 영준 내외 그리고 오 남매를 포함한 여덟 식구의 먹을 쌀까지 떨어진 공씨가의 지긋지긋한 가난 때문이 아니었다. 그 원인은 부군인 영준 때문이었다.

41세의 장년 영준은 인생을 포기한 채 매일 술을 마시고 줄담배를 피우고 있었다. 알코올 중독자가 된 영준의 코가 빨갛다. 혈안이 된 그의 눈빛은 우리 안에 갇힌 맹수와 같다. 성격은 포악해진다. 얼굴의 형태마저 기괴하게 변하고 있는 영준의 상태는 '절망' 그 자체였다.

"작은 성아야. 외가는 부잣집이니까 먹을 것이 많을 거야. 난 외할머니한테 제일 먼저 고구마 밥을 해 달라고 할 거야."

행순의 등 뒤에 업혀 있던 철없는 막내 충식의 말을 듣던 행순이 더 이상 참지 못하고 눈물을 흘리면서 봉산마을에 도착한다. 아무 말이 없는 두 살 위의 문식은 추위를 느끼면서도 행순의 등에 업힌 막내의 손을 따뜻하게 감싸 준다. 이후, 막내 충식의 '고구마 밥 소원'은 매년 주기적으로 이루어진다. 다만, 행순은 초등학생 문식과 충식을 여름, 겨울 방학만 되면 친정으로 보내야 했다. 쌀을 아끼려는 생각 때문이었으며 아이들이 아직 철이 없어서 눈치를 보지 않았기 때문이다.

행순의 사정을 들은 최동수가 굳은 표정으로 큰딸을 타이른다.

"두 아들은 여기에 남기고 다시 시목마을로 돌아가거라. 그리고 내가 알려준 대로 실행하고 여의치 않거든 다시 오도록 해라."

옆에서 통곡하고 있는 서금례(최행순의 친정어머니)를 나무라는 최동수의 입술이 바싹 타들어 간다. 최동수는 사위 공영준에게 아직도 희망을 품고 있었다.

다음 날 저녁. 시목마을로 다시 돌아온 행순이 영준에게 결별을 선언한다.

"출세한 남편의 덕을 보면서 부귀영화를 누리고 싶은 생각도 없습니다. 이미 기울어진 우리 공씨가의 가정 형편도 원망하지 않습니다. 당신은 아직도 많은 것을 가지고 있습니다. 그 다양한 지식과 인맥 그리고 아직도 살아 있는 공씨가의 명예가 있지 않습니까? 인생의 절반밖에 살지 않은 가장이 좌절한다면 우리 자식들 육 남매를 어찌하시렵니까?"

결혼 후 17년 동안 단 한 번의 불평도 없이 희생만을 해 왔던 부인 행순의 절실한 외침 속에서 영준이 무릎을 꿇는다.

"이 순간부터 술, 담배를 끊고 오로지 자식들의 장래와 우리 공씨 가문의 재건을 위해서 남은 인생을 살겠으니 부디 용서해 주십시오."

행순이 영준의 눈물을 닦아주면서 끌어안는다. 영준의 눈빛과 떨리는 말 속에서 진심을 보았기 때문이다. 영준은 즉시 안방에 있는 술병과 재떨이를 치운다. 영준이 다시 부활하고 있다.

1971년 봄.
영준은 자신이 중학교 2학년 때에 심었던 마당에 있는 키가 큰 전나무를 옮겨 심고 있다. 그리고 주특기인 꽃밭 꾸미기를 시작한다. 봄철에 피는 꽃의 대부분은 가을에 씨가 떨어져서 싹이 터 겨울을 나고 봄에 새움이 돋아 꽃이 피게 된다. 개나리, 진달래, 철쭉, 매화, 목련, 해당화, 살구꽃, 배꽃, 벚꽃, 수선화, 민들레 등이 피어나 아름다운 꽃동산을 이룬다. 영준의 알코올 중독에 의하여 방치되었던 유명한 공씨 종갓집의 화단이 마당 좌측의 우물가 옆에서 되살아나고 있다.

금연·금주에 성공한 영준은 집안을 둘러보면서 많은 것을 생각하게 된다. 일 년 전만 해도 알코올에 취하여 비가 오는 날에 마당의 멍석 위에서 건조되던 곡식을 방치하고 마루에 앉아 멍한 눈으로 그저 지켜만 봤던 영준이다. 시골 농가에서는 있을 수 없는 일이었다. 이를 보게 된 봉남댁(최행순의 택호)이 절망을 느낀 것이다.

본 저택 지붕 위의 일부 깨어진 기왓장을 교체한다. 헛간에 있는 농기구를 수리하고 가축들에게 먹이를 준다. 장작을 패고 대밭에서 마당까지 뻗어 나온 대 뿌리를 잘라낸다.

'모두 내가 해야 했을 일들이었구나. 가장으로서 면목이 없는 일이야. 부인이 얼마나 힘들었을까?'

이제 농사꾼이 되어야만 하는 영준이지만, 경작할 전답은 사라진 지 오래이다. 영준이 집안일에 많은 시간을 소비하는 데에는 이유가 있다. 시골 농촌에서는 평소보다 훨씬 바쁜 농번기가 일 년에 두 번 있다. 봄철의 모내기와 늦가을의 벼 수확 시기이다. 황소와 달구지 이외에는 사람의 노동력밖에 없었던 당시에는 초·중·고등학교에서도 학생들에게 농번기 방학을 줄 정도로 모든 인력이 투입되어야 했다. 두레, 품앗이 등으로 이루진 시골의 조직된 농민들 사이에서 농사꾼 일 년 차의 영준은 인기가 없었다. 모내기할 때 논두렁에 앉아서 겨우 못줄을 잡는 정도가 영준이 할 수 있던 일이었다.

그리고 또 하나의 이유는 다음과 같았다.

시목마을의 주변에는 큰 농장들이 몇 개 있다. 농장주는 부족한 인력을 주변의 마을에서 충원했다. 충원된 인력들은 하루 일당을 받는 일용 근로자가 된다.

영준이 처음으로 농장에서 일한다. 작업의 내용은 감나무 접붙이기이다. 일당을 받아서 부인에게 주고 싶고, 자식들에게 학용품도 사 주고 싶은 영준이 주변의 도움을 받아 접지 기술을 익히면서 땀을 흘리고 있다.

"아니, 공 선생님이 웬일이십니까?"

먼발치에서 접지 작업을 감독하고 있던 농장주가 영준을 발견하고 황급하게 뛰어와 영준의 손을 잡고 농장 안의 건물(식당, 세면 등의 용도)로 안내한다. 농장주는 영준에게 술과 안주를 제공하면서 황망(慌忙)해 한다.

"천석꾼의 장자께서 이러시면 안 되지요. 제가 더 불편합니다. 이런 데 오실 분이 아니잖아요? 자, 여기서 술이나 한잔하고 계십시오."

농장주는 15년 전만 해도 대대로 내려오던 공씨가 소작인의 아들이었다.

'아! 이 시골 촌구석까지 또 다른 형태의 보안 요원의 감시가 이어지는구나.'

술을 끊은 영준은 자리에서 일어나 시목마을로 홀로 걸어간다.

'무엇을 해야 하는가? 나는 한국 전쟁을 통해서 곤경에 처하게 되었다. 나와 비슷한 사람들도 많을 것이다. 남북통일이 된다면 전쟁은 사라질 것이며, 다시는 나와 같은 비참한 인생도 발생하지 않을 것이다.'

영준은 그렇게 '통일 운동'을 구상하기 시작한다.

28. 미스 롯데

1973년 겨울.

장성남중학교 1학년 태님(台琳, 별 이름 태, 옥돌 림)이 분향초등학교 1학년생인 막내 충식을 업고 1번 국도를 따라서 영신마을로 걸어가고 있다. '태님'이란 공연라(공영준의 차녀)의 아명(兒名)으로, 예쁜 얼굴로 태어난 연라에게 할아버지인 공장진이 붙여준 이름이다.

어린 시절 충식은 육 남매 중에서 유독 감기에 자주 걸렸다. 그만큼 충식은 허약한 체질이었다. 2살 위의 문식은 감기로 자주 결석하는 동생의 결석계를 충식의 담임선생에게 제출하는 심부름을 하곤 했다.

영신마을에는 약국이 하나 있으므로 주사와 약을 처방받기 위함이다. 업힌 충식을 위해 동화책 이야기며 동요를 불러주는 연라가 영신마을 입구의 '전방' 앞에서 잠시 망설인다. 연라는 행순에게 받은 약값의 일부를 유용하여 '보름달' 빵을 하나 사서 등 뒤에서 칭얼대는 막둥이를 달랜다. 일 년에 한 번 먹기도 힘든 빵을 받아든 충식의 감기는 벌써 반은 치료가 된 셈이다.

이후 성인이 된 충식은 40여 년 전에 먹었던 기가 막힌 보름달 빵 맛을 뚜렷하게 기억하고 있을 뿐만 아니라 현재까지도 맥주 안주로 애용한다. 어린 시절에 결정되는 입맛이란 이렇게 무서운 것이다.

초·중학교 시절부터 그림을 잘 그리는 연라는 충식의 미술 숙제를 잘 도와주었고, 연라가 대신 그려준 작품이 학교에서 수상자로 선정되는 덕분에 충식이 상장과 상품(학용품)을 받았던 경우도 있다.

충식은 이처럼 '막둥이'라는 호칭에서 볼 수 있듯이, 부모는 물론 위의 형제자매들에게 과잉보호와 사랑을 독차지하였고, 이러한 성장 배경은 충식의 성격에 장단점으로 작용한다.

남녀 공학인 장성남중학교(長城南中學校)는 장성군 남면에 있는 분향초 등학교, 송강초등학교, 남면서초등학교 그리고 진원면의 진원초등학교에 서 졸업한 학생들이 모두 진학하는 지역의 유일한 중학교이다. 공씨가의 육 남매 중 장녀인 현라를 제외한 오 남매가 모두 이 남중학교 출신이다.

한 학년마다 총 6개의 반이 있으며 1반부터 3반까지는 남학생, 4반부터 6반까지는 여학생으로 구성되어 있다. 한 학급당 평균 학생 수는 70명 이 상이며 전교생은 대략 1,300여 명이었으니 '콩나물시루'로 표현할 수 있는 1960~70년대의 '베이비 붐' 시대의 실상을 반영하고 있다.

미인인 공연라는 장성남중학교 3년 동안 수많은 남학생을 팬으로 만든 '여왕'이 되었다. 시목마을에서 1번 국도를 따라 남중학교에 등교하는 연 라의 등교 시간에 맞추어 남학생들이 우글거린다. 교문에서 복장 등 자 체 규율을 지도하는 선도부의 남학생 선배들은 연라의 등교 시간이 되면 긴장한다. 장성남중학교 동아리 중의 하나인 미술부에는 의외로 남학생 들이 대거 몰린다. 하교 후에는 시목마을로 놀러 온 다른 마을의 남학생 들이 공씨 종갓집 주변을 배회하고 있다. 모두 연라의 얼굴을 보기 위함 이다. 그중의 한 남학생은 막내인 충식에게 사탕을 주면서 연라에게 전할 편지를 부탁하기도 하였으나 충식은 편지를 찢어버리고 사탕만 맛있게 먹었던 일도 있다. 여왕의 동생인 현옥, 문식, 충식은 그들에게 '연라 동생' 으로 불렸다.

1978년 12월. 서울시 중구 을지로에 위치한 롯데 호텔 웨딩 센터에서 제2대 미스 롯데 '진(眞)'으로 선발된 원미경이 왕관을 쓰고 도도한 표정으로 관중들의 환호에 손을 흔들어 답하고 있다. 원미경의 뒤쪽에는 경쟁자였던 십수 명의 미스 롯데 대상자들이 부러운 표정으로 박수를 보낸다. 그중에 이미숙과 태님이라는 아명을 가진 공연라가 서 있다.

관중석에 앉아 있던 공연라의 후원자인 김주현이 아쉬운 표정으로 공현라(공연라의 언니, 공영준의 장녀)에게 말한다.

"여보, 참으로 아깝소. 내가 조금만 더 경제적으로 여유가 있었다면 처제를 잘 꾸미고 입혔을 텐데. 그러면 결과는 달라졌을 것인데."

김주현 내외는 연라의 미스 롯데 선발대회를 후원하기 위하여 옷 한 벌을 사 줄 수밖에 없었던 경제 형편이었다. 롯데 그룹 전산실의 김주현 대리는 광주시에 소재한 동신여고 3학년인 공연라를 졸업 직전에 상경시켜서 롯데 백화점에 입사시킨다. 연라의 대학 진학은 상상할 수 없는 처가의 살림살이를 알고 있었기 때문이다.

롯데 백화점 본점의 신사복 코너에는 젊은 남성 고객들이 붐빈다. 미스 롯데 출신의 공연라가 근무하고 있기 때문이다. 플로어(Floor) 매니저인 신 대리는 입사 동기인 전산실 김주현의 처제인 공연라가 예뻐서 죽을 지경이다. 공연라가 입사한 후부터 급속히 오르고 있는 매출 상승 그래프가 매일 상승률을 기록하고 있기 때문이다.

다재다능한 20세의 연라는 롯데 백화점 직원들의 친목 모임인 레크레이션의 리더까지 겸하고 있었으니, 참으로 인생 최대의 전성기이자 '호시절'이라 할 수 있다.

서울시 동작구 상도동의 언덕에서 퇴근한 김주현이 시계를 보면서 처제를 기다리고 있다. 손목시계는 오후 10시를 가리킨다. 김주현은 한 인물 하는 연라에게 10시 통금령을 내렸다.

'차라리 내 친동생이라면 모를까. 처제라서 더욱 조심해서 보살펴야 한다.'

보수적인 형부의 성격을 잘 알고 있는 연라가 퇴근길 버스에서 내려 상도동의 언덕에 위치한 현라 언니의 집으로 뛰어온다. 연라는 오늘 조금 늦을 수밖에 없었던 알리바이를 모두 짜 둔 상태이다.

상도동 언덕 위의 넓은 집에서 저녁 식사를 마친 후, 연라는 형부 앞에서 퇴근 시간부터 집에 도착할 때까지의 모든 내용을 육하원칙에 의해서 보고한다. 다음 날 김주현은 연라가 말한 사실관계를 통신, 현장 방문, 전언을 통해서 확인한다. 이렇게 공연라의 미스 롯데 4년 시절이 번개처럼 지나간다.

공연라는 현재 미술대학교 교수로 재직 중이며 미술계에서 활발하게 작품 활동을 펼치고 있다. 연라는 아시아 태평양 베를린 미술 협회 초대전, 남북 코리아 국제 미술전 등에 참여했으며 목포대학교, 전남예술고등학교에 출강 중이다. 국립 해양문화재연구소 문화 강좌 연사 및 평가 위원, 한국 미술 협회, 세계 미술 교류 협회, 한국 전업 작가 회원 등으로 활동 중이다.

29. 현라, 현옥

1974년. 시목마을 공씨가의 저녁.

따르릉, 따르릉.

안방의 탁자 위에 보물단지처럼 모셔져 있는 전화벨이 울린다.
호기심 가득한 막내 충식이 잽싸게 전화를 받는다.

"여보세요!"

"막둥이구나. 큰 누나야. 잘 있었어? 엄마 바꿔주라."

서울에서 우체국에 다니는 공현라(공영준의 장녀)로부터 안부 전화가 온
것이다. 초등학교 졸업 후, 공현라는 시목마을에 살지 않고 계속 광주에
서 학창시절을 보냈으며 광주 숙문중·고등학교를 졸업 후 곧바로 상경하
여 직장생활을 시작한다. 현라는 1년에 7~8회 정도 모든 식구들이 모여
있을 저녁 시간에 안부 전화를 하곤 했다.

1970년대의 전화는 고속도로와 함께 경제 발전의 중추이기도 하였다.
하지만 공급이 수요를 따르지 못해 전화 청약 대기자가 날로 늘어났고,
서울에서 사적으로 거래되는 전화 한 대 값이 웬만한 집값에 버금가던
시절이었으니, 시골 농촌의 사정은 그보다 훨씬 열악했으리라 짐작할 수
있다.

정부의 시책에 의하여 농촌의 마을마다 한두 대의 전화기가 설치되었
으며 시목마을에 유일한 전화기는 공씨 종갓집의 차지가 된 것이다. 부모

님의 병환이나 급한 일이 있을 경우에 방죽목에 소재한 전화국을 찾아가서 전보를 이용했던 주민들은 이제 공씨 종갓집을 찾아와서 전화를 이용하였고 그 요금은 각자의 부담이 되었다.

전화기와 동시에 들어온 또 하나의 문명의 이기(利器)가 있었으니 흑백텔레비전이 그것이다. 대한전선의 '디제로' 텔레비전도 비슷한 시기에 공씨 종갓집에 설치되었다.

시골 주민들에게 흑백텔레비전은 전화기보다 훨씬 더 많은 영향을 주었다. 시목마을에 몇 안 되는 텔레비전을 가진 공씨 종갓집은 주민들에게 집을 자주 개방한다.

특히 김일 선수가 박치기하던 프로레슬링, 차범근 선수의 축구 경기가 있는 날에는 안방에 있는 텔레비전이 마루에 세워지고 마당에는 멍석을 깔기도 했다. 이미 기울어진 공씨 종갓집의 마당은 경기를 보면서 환성을 지르는 수많은 주민들에게 여전히 중요한 역할을 하고 있었다.

시목마을에 유일한 전화기와 몇 안 되는 흑백텔레비전의 존재 가치를 최대한 잘 활용하는 이가 있다. 극심한 가난을 경험하고 있던 막내 충식은 그 후 친구들을 자주 집으로 데려와서 넓은 저택과 마당, 거기에 더하여 전화기와 텔레비전까지 보여 주면서 '여전히 우리 집은 부자인 척'했다. 당시 충식은 분향초등학교 2학년이었다.

같은 해 봄. 분향초등학교 6학년 교실에서 반장 선거가 치러지고 있다. 입후보자는 전교 1등의 공현옥(공영준의 삼녀)과 천성식이라는 남학생이다.

지금도 그렇겠지만, 당시의 반장 선거는 학우들이 추천하고 추천받은 후보자들이 간단한 유세 인사를 한 후에 쪽지를 나누어 주면 기호 내지는 지지하는 후보의 이름을 적어서 종합한 후, 칠판에 바를 정(正)자로 표시하면서 개표하였다.

담임선생은 이러한 민주적인 절차를 관찰하면서 혹시 모를 부정이 있는지 감독하는 참관인의 역할을 하였다. 실로 보통, 평등, 직접, 비밀의 4대 원칙이 이루어지는 산교육이라고 할 수 있다.

투표를 집계한 결과, 공현옥이 당선되었다. 공현옥은 두뇌가 명석하고 문장력이 좋아 글을 잘 쓰기도 했지만, '왈가닥'이라는 표현이 어울릴 정도로 소탈한 성격이었으며 웬만한 남학생들도 그의 기세 앞에서는 꽁무니를 뺄 정도의 여장부였다.

40여 년 전, 당시의 시골은 남아 선호사상이 짙었으며 선생님들은 학생들에게 있어서 그림자도 밟지 않는다는 존경의 대상이었다. 당선 소감을 발표하려고 단상 앞에 나서는 13세의 여학생 현옥에게 수많은 남학생들이 야유한다.

"무슨 여자가 반장이야! 이건 말도 안 돼!"

"무효야! 다시 선거하던지, 공현옥은 사퇴해야 해!"

지금 생각해 보면 말도 안 되는 억지 주장이 펼쳐지고 있다. 그러나 그 억지가 현실이 되었다. 천성식은 선거에 지고도 반장이 되었고, 공현옥은 선거에 이기고도 부반장으로 결론이 났다. 남녀 차별의 실태가 어린 학생들의 교실에서도 이루어지던 당시의 불행한 실상이다.

점심시간이 되자 분기탱천(憤氣撑天)한 현옥은 도시락을 던져 놓고, 교장실로 올라가 노크를 한다. '똑순이' 현옥의 조리 있는 설명과 정당한 항의를 모두 들은 교장 선생님이 현옥의 반짝이는 눈을 응시하면서 차근차근 설명한 후, 현옥을 돌려보낸다.

'교육의 요람에서 어린아이들의 영혼을 파괴하는 참으로 한심한 경우로구나. 부끄럽기 짝이 없는 일이로다.'

점심시간을 마친 5교시, 분향초등학교 6학년 교실에서는 희귀한 광경이 벌어진다. 교장, 교감 선생님이 참관하고 교무주임의 사회로 6학년 반장에 당선된 공현옥이 당선 소감을 발표하고 있다. 얼굴이 벌게진 담임선생은 고개를 숙이고 있다.

선거 결과대로 부반장이 된 천성식 외에도 억지 주장을 했던 남학생들이나 부정을 알면서도 숨죽여야 했던 여학생들까지 일생에 있어서 잊을 수 없는 교훈을 얻고 있다. 불의에는 항거해서 자기의 주장을 펼쳐야 하며, 민주주의의 소중한 절차와 결과는 지켜져야 하고 승복해야 한다는 교훈이었다.

공현옥은 남녀 공학인 장성남중학교에 진학한 후에도 여학생 최초로 학생들의 자체 규율을 담당하는 선도부장을 하였으며 장성여자고등학교에 차석으로 입학하였다. 장학생으로서 등록금이 면제되는 성적을 갖춘 현옥이지만, 시목마을에서 장성읍까지의 교통비를 마련할 수 없었던 공씨가의 가정 형편 때문에 중도에 학업을 포기하고 사회로 진출한다.

50대 중반의 공현옥은 현재 간호사로 재직 중이다. 초·중·고등학교 시절에 공부를 잘해서 공 박사라는 별명을 가졌던 현옥은 현재 간호사의 직무에 관련된 분야의 박사 과정을 밟고 있는 만학도이다.

30. 사대봉사

1975년 초겨울.

"우와! 할머니 오셨다."

열 살의 막내 충식이 껑충껑충 뛰면서 마루에서 뛰쳐나와 맨발로 마당까지 뛰어나간다. 대문을 열고 들어오는 작은 키의 문암댁(공장진의 처, 김귀례)의 손에는 커다란 가방이 들려있다. 문암댁이 함박웃음을 지으면서 충식의 손을 잡고 토방까지 걸어오는 데 한참이 걸린다. 마루에 올라서자 문암댁은 가방에서 할머니 표 '알사탕' 한 봉지를 꺼내어 충식에게 건네준다.

세상을 다 얻은 듯한 충식의 밝은 표정과는 달리, 영준과 행순의 얼굴이 어두워진다. 본가(시목마을)에서 어머니를 모시지 못하고 있는 죄스러움이 하나의 이유이며, 육 남매가 성장하면서 늘어나는 교육비를 감당하기 어려운 가정 형편이 두 번째 이유였다. 거기에 더하여 사대봉사(四代奉祀, 4대에 걸쳐 조상들의 제사를 받듦)를 철저히 지키고 있는 종갓집으로서 일 년에 여섯 번의 성대한 제사를 지내야 하기 때문이다.

공장진의 차남인 공연창은 행정고시 응시 후, 전라북도 전주시에 소재한 체신부 관할 '우정연구소장'으로 재직 중이며 공연창의 부인도 교편을 잡고 있다. 문암댁은 작은아들 연창의 요청으로 전주에서 손자 두 명(공현성, 공한섭)을 보육하며 작은아들의 살림을 돕고 있다. 본가의 형편을 누구보다 잘 알고 있는 문암댁은 시목마을을 찾을 때마다 작은아들의 집에서 모은 용돈을 모두 사용하고 있다. 문암댁은 장성읍의 황룡장에서 제사에 필요한 제수(祭需)를 구입하여 시목마을로 내려왔다.

추석에도 본가를 찾지 않는 문암댁은 초겨울부터 구정 전까지의 대부분의 시간을 본가에서 생활한다. 연이은 제사를 지내기 위함이다. 초겨울에 공씨가의 제사가 집중된 이유는 술을 좋아하는 공씨가의 가족력인 고혈압 때문이다.

다음 날. 새벽부터 일어난 문암댁이 초겨울에도 불구하고 찬물로 목욕을 재계하고 제사 준비를 확인하느라 분주하다. 대문이 활짝 열리고 대청소가 이루어진다. 마당에는 여러 장의 멍석이 깔리고 천막이 쳐진다. 점심시간부터는 촌수가 가장 가까운 일가친척들이 모여들어 대추, 밤, 배, 감, 사과, 포, 젓갈, 침채, 청장, 숙채, 탕국 등의 제사 음식을 준비하느라 부산하다.

'현고조고학생부군신위(顯高祖考學生府君神位)'

정제 방에 중풍으로 누워 있는 장진에게 제사 준비를 고한 장남 영준이 제례복 차림으로 대청에서 지방을 쓴다. 지방의 내용으로 보아 의금부 도사를 지낸 영준의 고조부인 공병후의 제사로 볼 수 있다. 이날은 공씨 집성촌인 시목마을의 모든 일가친척들이 남녀노소를 가리지 않고 종갓집으로 모여든다.

초저녁부터 자정까지 남자들은 방, 마루, 마당의 멍석에까지 앉아서 식사하면서 술을 마신다. 여인들은 쌀 한 되씩을 품에 들고 와 행순에게 건넨 후, 제사상을 차리는 데 일조를 한다. 쌀 한 되는 현금 거래가 없던 당시에 제사를 부담하는 종갓집에 대하여 상호 부조를 한 것이다.

조율이시, 좌포우혜, 홍동백서 등 향내 나는 대청마루에 거대한 제사상이 병풍을 뒤로한 채 신주를 모시고 있다. 진설, 강신, 초헌, 아헌, 종헌, 사신, 음복의 순서를 따라서 경건하게 제사를 마친 주민들이 각자의 집으로 돌아간다.

다음 날 새벽에 문식과 충식은 어젯밤에 일가친척의 여인들이 종갓집에 맡겨 놓은 되에 떡과 과일, 생선 등 제사 음식을 담아서 시목마을의 집마다 돌린다. 이미 기울어진 공씨가의 한 달 생활비를 능가하는 성대한 제사는 2003년까지 유지된다.

당주인 영준의 세대까지 5내 150년 동안의 이어온 공씨가의 선통인 사대봉사는 종법주의를 통한 장자상속제와 병행되어 왔다. 재산을 상속받는 데에 있어서 우월한 지위에 있는 장손은 가문을 대표하여 제사를 지내는 소중한 책임을 다해 왔다. 그러나 영준이 물려받은 재산이라고는 넓은 집터와 산소 2곳이 대부분이었으니 당시의 제사는 조상을 숭배하고 후손들의 화합과 번창을 기원하는 순기능과 함께 공씨가의 경제적인 파산을 가속하는 역기능도 있었음은 부인할 수 없다.

다음 날, 분향초등학교에서 귀가하던 충식이 오늘따라 기세가 등등해지면서 친구인 영태에게 말한다. 마산마을의 정영태는 충식과 같은 반 짝꿍이다.

"영태야! 오늘은 우리 집에서 놀다 가라. 우리 집은 먹을 것이 참 많다?"

10세의 충식이 제사를 기다리는 이유는 간단하다. 평소에는 볼 수도 없는 엄청난 양의 과일과 생선, 떡, 고기 등의 음식을 먹을 수 있기 때문이며, 친구들에게도 이를 자랑할 수 있기 때문이다. 충식의 제안에 영태가 대답한다.

"그래, 충식아. 그런데 너희 집에는 소가 있냐? 우리 집에는 황소가 한 마리 있단다."

"영태야! 우리는 황소는 없지만, 집은 네 집보다 열 배가 넓다!"

"뭐? 열 배라고? 참말이야? 한 번 가 보자."

공씨 종갓집 대문을 들어선 영태가 입을 쫙 벌린다.

"우와! 진짜네! 충식이네 집은 엄청난 부자로구나!"

충식은 현재까지도 시목마을의 종갓집보다 크고 넓은 집을 보지 못했다. 저택의 후광으로 친구들 앞에서 부자인 척해야 하는 충식은 해가 바뀔 때마다 학교에서 나누어 주는 생활 환경 조사표를 작성하면서도 고민해야 했다. 충식은 집안의 소득 수준을 구분하여 표기하는 대목에서 상, 중, 하, 극빈 중에 결국 '상'에 동그라미를 치고야 말았다.

친구인 영태가 놀라는 공씨 종갓집은 새마을운동 사업으로 집 마당의 절반이 줄어든 상태이다. 1970년도에 시작된 새마을운동의 전라남도 내 시범 마을로 시목마을이 선정된 이유는 마을의 동쪽에는 1번 국도가 지나고 있고, 서쪽에는 호남고속도로가 지나고 있으므로 사업의 전시적 효과를 양 도로를 통해서 한눈에 확인할 수 있기 때문이었다.

새마을운동으로 시목마을의 모든 초가집들은 기와지붕으로 개량하였고 남쪽에는 넓은 광장과 건조장이 만들어졌으며, 부족한 집터를 마련하기 위하여 약 40여 가구의 신택지가 조성되었다. 그 와중에 구부정한 골목의 정비를 위하여 공씨 종갓집 마당의 절반이 떨어져 나가 도로와 다른 주민의 집으로 새롭게 조성되었다.

충식이 친구들을 따라 마산, 분향, 죽분 등 다른 마을로 놀러 가서 인사를 드리면 항상 어른들이 먼저 알아본다.

"너, 얼굴형을 보니 시목마을 공씨 집안의 자손이로구나. 부잣집 애가 왔는데 이리 와서 이거 좀 먹어 봐라.", "너희 조상님들이 참 좋은 일들을 많이 하셨지." 하면서 머리를 쓰다듬는다.

'이상하다? 우리 집은 부자가 아닌데.'

충식의 남모르는 고민이 시작된다. 공씨가의 육 남매는 중학교로 진학하면서 공동으로 겪는 고통의 과정이 있다. 초등학교 시절이야 아무것도 모르고 자라났지만, 머리가 커지고 자아가 형성되는 시기에는 그렇지 않다. 사춘기가 질풍노도의 시기라는 교과서적인 말은 사치이다. 그것은 실은 '가난' 때문이다.

"수입이나 재산이 적어서 살림살이가 넉넉하지 못하고 어려움."

가난에 대한 사전의 설명이다. 하지만 충식이 어린 시절에 뼈저리게 체감하였던 가난의 정의는 이렇다.

'나를 위축시키고, 희망의 폭을 제한하며 자신을 포기하게 만드는 그 무엇'이었다.

재채기와 같이 도저히 숨길 수 없는 가난을 위장하기 위한 어린 충식의 시련이 시작된 것이다. 다른 사람들과 똑같이 겪는 천재지변이 아닌 상대적인 가난, 공씨가의 역사상 그 후폭풍이 클 수밖에 없는 가난을 극복하는 데에는 충식의 우상인 '공은식'의 역할이 컸다.

31. 문식

"책임감이 강하고 책 읽기를 좋아하며 유순한 성격임."

1976년. 겨울 방학이 시작되면서 분향초등학교 4학년 충식이 받아온 생활 통신표에 담임선생이 기록한 내용이다. 충식은 겨울 방학의 시작과 동시에 시작하는 일이 있다. 『삼국지』를 읽는 일이다. 깨알 같은 세로 쓰기로 이루어진 총 10권의 『대삼국지』(大三國志, 정비석 번역) 읽기는 2년 전부터 여름, 겨울 방학을 가리지 않고 시작한 일이다. 충식은 초·중·고 시절에 일 년에 2회씩, 『대삼국지』를 총 20번 이상 완독했을 뿐만 아니라 번역 작가에 따라 관점이 조금씩 다른 점을 발견하고 이문열, 황석영 등의 작품과 50권짜리 만화 삼국지까지 모두 읽었다. 행순은 방안에서 책만 읽고 있는 충식에게 '방안퉁새'라는 별명을 붙여 줄 정도였다.

행순이 둘째 아들인 문식이에게 붙여준 별명은 '밤도깨비'이다. 온종일 밖에서 놀다가 밤이 깊어서야 집으로 돌아오는 날이 허다하기 때문이다. 영리하지만, 털털하고 의리가 강한 문식은 잡기에 대단히 능하다.

충식은 설날에 세뱃돈을 받아 본 경험이 없다. 용돈, 세뱃돈, 설빔이라는 단어는 공씨가의 사전에는 수록될 수 없었던 어린 시절을 겪었기 때문이다. 설날이 다가오자 분향초등학교 6학년인 문식이 충식을 살짝 부른다.

"막둥아. 너 설날에 용돈 필요하지? 자, 성아가 용돈을 줄 테니까 맛있는 거 사 먹고 어디 가서 기죽지 마."

문식이 내민 손바닥을 쳐다보는 충식의 눈이 광채로 번쩍거린다. 새하얀 백 원짜리 동전 5개를 막내 충식의 손에 쥐여준 문식은 곧바로 집 밖으로 뛰어나간다. 충식이 최초로 받아 본 용돈이다.

텔레비전, 인터넷, 스포츠, 영화, 게임 등을 즐기는 지금의 어린이들과 달리 1970년대 농촌의 아동들이 즐기던 놀이는 구슬치기, 딱지치기, 자치기, 땅따먹기, 고무줄놀이 등이었다. 문식은 온 동네의 모든 구슬과 딱지들 다 따놓고 이를 친구들에게 되팔아서 현금을 마련한 것이다. 11세의 충식에게 당시의 오백 원이란 지금의 1만 원 이상의 가치가 있는 거금이다. 13세의 문식이 보기에는 쪼들려 사는 동생이 항상 짠했던 것이다.

어느 날, 시무룩하게 대문을 열고 들어오는 충식을 보고 문식이 말한다.

"막둥이, 너 무슨 일 있지?"

"작은 성아야. 나 오늘 구슬치기해서 다 잃어버렸어."

한 성격 하는 문식의 눈꼬리가 올라간다

"어떤 놈이야!"

충식의 고자질(?)을 들은 문식이 집 밖으로 뛰어나간다. 밤 11시가 넘어서 세상모르고 잠을 자는 충식의 머리맡에 문식이 한 보따리의 구슬, 딱지 등을 다 따와서 내려놓는다.

'누가 감히 내 동생을.'

세상에 형만 한 아우는 없는 법이다.

1981년 초가을. 새벽 5시에 일어난 문식이 물조루를 들고 집을 나선다. 약 2㎞ 거리의 논두렁을 지나 시목마을 서쪽에 위치한 호남고속도로로 향하고 있다. 고교 2학년인 문식은 한 달 후로 예정된 학교 행사인 수학 여행의 비용을 마련하기 위하여 아르바이트를 하고 있다.

광주광역시에서 장성읍으로 향하는 호남고속도로는 현재는 4차선이지만, 당시에는 2차선이었으며 향후 차로를 넓히기 위하여 조성된 부지에는 수많은 꽃과 나무들이 심어져 있었다. 문식은 한 달 동안 하루도 빠짐없이 개울가의 물을 물조루에 담아서 꽃과 나무들에 물을 주는 일을 한 대가로 수학여행 비용을 마련할 수 있었다. 이 일은 교사 출신인 영준과 친분이 있는 담임선생의 추천으로 이루어진 것이다.

초등학교 시절에 공부를 잘하고 줄곧 반장을 맡았던 문식의 유명세 덕분에 충식은 2년 선배들에게 '무시 동생'이라는 별명이 생길 정도였으나 중학교에 진학한 문식은 의식적으로 공부를 멀리하기 시작한다. 장성여고를 차석으로 입학한 현옥은 교통비가 없어서 중도에 학업을 포기했으며, 광주시의 동신여고에 다니는 연라도 교통비가 없어서 학교를 결석하는 일을 수없이 봐 왔기 때문이다. 14세의 중학교 1학년 문식이 내린 결론이다.

'우리 집 형편으로는 진학하기 힘들다. 나는 공부보다는 기술을 배워야겠다.'

고교 시절에 시목마을에서 장성읍까지의 이십 리 길을 걸어서 학교에 다니곤 했던 문식은 가난이라고 하는 고통과 더불어 또 하나의 고민이 있었으니 그것은 바로 '둘째의 설움'이었다. 은식은 장남이라서 제외되고 막내인 충식은 어리다고 해서 제외된 집안의 궂은일을 도맡아서 해 왔기 때문이다. 지금은 성인이 된 삼 형제가 술 한잔하면서 웃어넘기는 일이라고는 하지만, 어린 시절의 문식에게는 가슴 아픈 경험이었다.

생존력이 강하고 부지런한 문식은 공병 부대에 입대해서 배운 기술을 바탕으로 현재까지 중장비 건설업 대표로 사업을 운영하고 있다. 수십 년 동안 한 우물을 판 공문식 사장의 중장비 기술은 자타가 공인하는 대한민국 최고의 '명장(名匠)'이다. 또한, 공문식은 어려운 소년, 소녀들을 수십 년 동안 후원하는 독지가이다.

32. 최동수의 봉투

　1976년 가을.
　치밀한 성격의 최동수(공영준의 장인)가 동경 유학 시절에 일본인들로부터 특별히 배운 점은 두 가지가 있다. 하나는 그들의 꼼꼼한 기록 문화이며, 또 하나는 정이 '뚝' 떨어질 정도로 정확하게 돈을 계산하는 습관이다.

　최동수의 이마는 유난히 넓다. 그리고 그의 이마에 새겨진 서너 개의 굵은 주름살이 그의 인생을 말해주고 있다. 슬하에 4남 2녀(사 형제와 두 자매 최행순, 최향선)를 둔 최동수는 먼저 떠나간 동생의 아들 사 형제도 부양하고 있다.

　'나의 조카들이 잘 배우지 못한다면 나중에 조상님들을 뵐 면목이 없다.'

　그는 조카들을 친아들처럼 똑같이 먹이고 입히며 엄격히 훈육하였다. 평생 교육자 최동수는 열 명의 아이들의 생활기록부를 개인별로 만들어 일일이 기록하며 수시로 점검하고 있다. 아이들의 학교 성적은 물론 발달 사항(키, 몸무게 등), 재능, 성격, 장단점까지도.

　최동수는 재산을 늘리려는 욕심도, 재능도 없는 성품이다. 하지만 수성에는 강하다. 근검절약하며 매일 살림살이의 입출고를 빈틈없이 기록하기 때문이다. 그리고 누구에게도 돈을 빌려주는 법이 없다.

　'돈을 빌려주면 돈도 잃고 사람도 잃는다.'

　논을 산다거나 자녀가 결혼을 한다는 이유로 손을 벌리는 이웃들뿐만 아니라 친인척들에게도 그 원칙은 지켜지고 있다. 다만, '교육비'만큼은 예외로 하고 있다. 그것도 두 가지의 조건이 있다. 첫째는 우수한 성적이어야 하고, 둘째는 관련된 증빙(등록금 통지서 등)을 확인하고 본인이 직접 지불한다는 것이다. 혹시 모를 배달 사고를 예비하기 위함이다.

이 때문에 공부 잘하는 아이들의 합격 통지서를 받고도 등록금이 없어서 발을 동동 구를 수밖에 없던 학부모들이 수없이 최씨 종갓집 대문을 두드려 왔다. 결국, 최동수의 이러한 장학 사업은 그의 운명이었다.

1976년 가을. 추석 차례를 모두 마치고 서울 등 각자의 집으로 떠나가는 사 형제들 앞에 최동수가 네 개의 봉투를 내민다.

"나는 이미 은퇴하였고, 이 넓은 집에서 어머니와 단둘이 살고 있으니 적적하구나. 이 돈은 너희들 사 형제에게 그냥 주는 것이 아니라 빌려주는 것이다. 그러니 반드시 갚아야 한다."

각자의 집으로 돌아가는 길에 남신, 정신, 계신, 의신 사 형제는 봉투 안의 금액과 각자에게 나누어진 부동산 목록을 보고 벌려진 입을 다물지 못한다. 엄청난 거액임은 말할 것도 없지만, 최동수가 친필로 작성한 차용증에는 원금과 이자율, 상환 일정 등이 꼼꼼하게 작성되어 있다. 그리고 차용증의 마지막에는 특별 조건이 적혀 있다.

"원금에 대한 이자는 설, 추석을 포함하여 일 년에 4회 납입하기로 한다. 이자 납입 시에는 온 가족을 동반하기로 한다."

영리한 최동수는 묘수를 써서 사 형제에게 상당한 재산을 공평하게 분배하여 실리를 주었고, 이자를 내면서 뿌리를 찾아볼 수밖에 없는 상황을 만들어 효도할 수 있는 명분까지 동시에 준 것이다.

사형제를 떠나보낸 최동수가 안방에 들어와 벽장 속에 보관 중인 또 하나의 봉투를 만지작거린다. 그의 얼굴의 주름살이 또 하나 늘어가고 있다.

일 년 후인 1977년 설날.

봉산마을의 최씨 종갓집에서 차례를 지낸다. 차례상은 부유한 최씨 집안에 어울리지 않게 검소하면서 정결하다. 삼남 계신을 제외한 최씨가의 가족들이 차례를 지내고 세배 후에 떡국을 먹는다. 할아버지 최동수는 손자들의 성적표를 일일이 확인하며 세뱃돈을 나누어 준다. 공부 잘하는 손자들에겐 칭찬을 하고 성적이 뒤진 손자들은 호랑이 같은 할아버지 앞에서 얼굴이 빨개질 수밖에 없다.

사 형제에게 빌려준 돈(실질적으로는 상속임)에 대한 이자를 계산하여 일원 한 푼 틀리지 않게 수납하고 장부에 기재한다. 일 년에 네 번 이자를 받되, 설, 추석을 포함하여 봄, 여름에 사 형제는 어김없이 자녀들을 동반하여 봉산마을의 뿌리를 찾고 있다. 다만 현역 장교인 셋째 계신은 전방 근무를 하고 있으므로 며느리와 자녀들만 참석하고 있다.

호남댁(최동수의 처, 서금례의 택호)이 설이 다가오자 며칠 전부터 최동수에게 애원하는 일이 있다.

"여보. 시목의 큰딸(행순)의 형편을 좀 도와줍시다. 그 어린 외손자들이 설빔은커녕 떡국이나 제대로 먹고 있는지 안타깝지 않은가요?"

"부인, 나에게 다 생각이 있소."

최동수가 부인을 달랜다.
최동수는 사 형제에게는 이미 공평하게 재산을 분배하였고 둘째 딸 향선은 수녀이니 재산과는 관계가 없다. 최동수는 남모르게 행순의 몫을 준비하고 있었으나 그 속은 시커멓게 타고 있었다. 행순이만 대학에 보내지 못한 점도 있고, 천석꾼 공씨 집안이 이렇게까지 몰락할 줄은 몰랐던 것이다.

'참 허망한 일이야. 그렇다고 무작정 도울 수는 없는 일이다. 외손주 육남매들이 공부하는 데에만 도움을 줘야 한다. 큰 딸애가 도저히 견디지 못하고 찾아올 때까지 기다려 주자. 외손자들도 남에게 의지하는 습성을 어릴 때부터 배워서는 안 된다.'

평생 교육자 최동수의 흰머리와 주름살이 더욱 늘어난다. 며칠 전 호남댁은 설을 준비하기 위하여 비아장터를 다녀왔다. 최동수 모르게 행순을 만난 호남댁이 허름한 옷차림을 한 큰딸의 부르튼 두 손을 잡고서 눈물을 흘린다.

"엄마, 왜 울어요. 우리 아들, 딸들이 얼마나 공부를 잘하는데. 저는 아무것도 부럽지 않습니다."

오히려 행순이 친정어머니를 달래는 형국이다. 친정엄마로부터 설 차례 비용으로 보기엔 상당히 많은 용돈과 과일 보따리를 받은 행순은 일 원 한 푼 쓰지 않고 비아장터에서 시목마을로 걸어간다. 십 리가 넘는 비포장도로인 1번 국도를 혼자서 걷고 있는 행순 옆으로 광주의 터미널에서 장성읍으로 향하는 광성 여객 버스가 지나간다. 한겨울의 매서운 찬바람과 하얀 먼지를 일으키며 떠나가는 완행버스의 요금은 70원이었다.

'우선 장남부터 공부시키자. 그래야 우리 공씨 집안이 다시 일어설 수 있다!'

최행순은 시대의 교육자인 최동수의 큰 딸이다.

33. 장손 은식

1977년. 여름 방학 숙제인 곤충 채집을 위하여 충식은 빈 콜라병 하나를 들고 천지동(시목마을의 뒷동산)에 오른다. 천지동의 수풀 속에는 메뚜기, 여치, 풀무치, 방아깨비, 핀둥이(풍뎅이의 방언) 등의 곤충들이 많이 서식하고 있으므로 초등학교 5학년인 충식은 이들을 잡아서 콜라병에 넣어 올 생각이었다.

천지동에는 두 그루의 오래된 소나무가 있다. 충식은 소나무 그늘 아래에서 못재를 바라보고 있는 은식(공영준의 장남)의 뒷모습을 발견한다. 비장한 표정으로 풀밭에 앉아있는 은식의 주변에는 면도칼로 난도질당한 책가방이 방치되어 있었으며 책과 노트는 찢긴 채로 천지동의 경사를 타고 고구마밭까지 흩어져 있다. 은식의 머리는 빡빡 밀어진 '배코' 상태였으며 눈빛은 비뚤어져 있다. 은식이 눈치채지 못하게 도망쳐 나온 충식은 그 무서웠던 광경을 아무에게도 말하지 않았다. 충식이 목격한 모습은 은식의 방황이 절정에 다다른 상태였다.

한 달 후에 충식은 은식의 책상 위에 붙은 글귀를 발견한다.

"1977년 7월 7일 7시 7분 7초에 무엇을 하였는가!"

공씨가의 장남 은식이 드디어 육 남매의 통과의례인 고통의 시간을 극복하고 치열했던 일 년 동안의 방황과 이별하고 있다. 약관의 은식은 향후 자신의 양어깨에 의지할 수밖에 없는 가문의 미래와 운명적인 장손의 책무를 인식한 것이다. 전력투구(全力投球)를 다짐한 은식의 생활계획표를 몰래 훔쳐본 여덟 살 아래의 막내 충식은 의아하게 생각한다.

'우리 큰 성아는 하루에 네 시간만 잔다네. 가능할까?'

큰아들 은식으로부터 대학 진학을 하겠다는 결심을 들은 날, 행순은 흥분을 감추지 못하고 하얗게 밤을 새운다. 행순은 매일 가슴을 졸이며 은식의 변화를 기다리고 있었다.

1977년 공씨가의 형편은 파산 직전이었다. 천 석의 재산은 전설이 된 지 이미 오래되었고 남은 것은 저택과 산소 두 곳, 타인에게 임대를 준 방죽목의 창고, 마당보다 작은 '사장떵'의 밭, '술빠지'의 논 두어 마지기로 대가족이 겨우 입에 풀칠하는 수준이었으며 추가적인 교육비는 상상할 수도 없었다.

장진은 몇 년째 중풍으로 누워 있었고 당주인 영준은 무직이었으며, 장녀인 현라를 제외한 오 남매가 모두 초·중·고등학교에 재학 중이었다. 다음 날, 새벽에 일어난 행순은 봉산마을로 향하는 첫차인 광성여객 버스에 올라탄다.

'드디어 올 것이 왔구나.'

장녀인 행순으로부터 공씨가의 상황을 모두 들은 최동수가 마음속으로 생각하며 타이르기 시작한다.

"이미 사회로 진출한 현라를 제외한 오 남매를 공부시키되, 순서가 있다. 우선, 장남은 무조건 진학시켜야 한다. 그놈이 공부를 못하더라도, 싫어하더라도 잘하게 만들어야 한다. 그래야 공씨 집안이 살아난다. 둘째, 장남 이외에는 공부하려고 하는 자식들을 우선으로 지원해라. 열 손가락 깨물어서 안 아픈 손가락이 있겠느냐만, 현재는 비상한 상황이니 어쩔 수 없다. 마지막으로, 아무리 힘들어도 모든 자식들은 최소한 고등학교까지는 마쳐야 하느니라. 10년, 20년 후에 그것이 그들의 바탕이 될 것이 야. 큰 딸애야! 내 말을 명심해야 하느니라."

최동수가 정색하면서 행순에게 간곡하게 말한다. 최동수의 흰머리와 넓은 이마의 주름살은 이제 만개한 상태이다. 추수가 끝난 1977년의 초 겨울에 최동수는 직접 시목마을을 방문하여 외손자들의 호구지책을 마 련하기 위하여 기름진 논을 매입한다.

최동수가 장녀인 행순을 위하여 벽장 속 깊숙이 보관해 두었던 마지막 봉투는 은식을 포함한 외손주들의 교육비로 사용된다. 출가외인이라는 표현처럼 1970년대에는 시집을 간 딸에게까지 재산을 상속한다는 것은 매우 드문 일이었다. 머릿속에 오로지 후손들의 교육 문제만 생각하고 있 던 최동수는 이러한 편견을 초월한 인물이다.

1978년 겨울에 은식은 조선대학교 법학과에 장학생으로 합격한다. 극 심한 가난으로 비정상적인 중·고등학교 시절을 지낸 은식은 사실상 학력 단절 상태였으니 남들이 3년 이상 준비한 성적을 1년 만에 해낸 것이다. 은식의 성적은 당시의 입시 전형상, 서울의 웬만한 전기 대학교에도 지원 할 수 있는 합격 안정권이었다.

은식이 대학 입학에 필요한 서류 발급을 위하여 모교인 장성농업고등 학교의 교무실을 찾아간다.

"그대가 우리 학교 출신의 공은식이가 맞는가?"

장성농고의 담당 교사가 은식의 방문을 기다렸다는 듯이 반기며 교장 실로 안내한다. 은식의 입시 점수는 장성농고의 역사상 최고의 점수이기 때문이다. 교장 선생이 은식과 마주 앉는다.

"우리 학교를 빛낸 공은식 군. 자랑스럽습니다."

"예, 감사합니다."

교장 선생이 말을 이어간다.

"참으로 아까운 경우입니다. 작년 우리 학교 출신의 입시 최고 점수는 187점이었는데도 그 학생은 서울대학교 농과대학에 특채로 입학하였습니다만, 지금은 그 제도가 없어졌으니."

지방의 인재 육성과 영농 지원을 위한 국책 사업의 일환인 서울대학교 특채 제도는 1977년까지만 유지되었다. 영농인 육성을 목표로 하는 모교에서 은식은 금번 대학 입시에 관련된 과목을 배운 기억이 없다.

1979년 봄.
대학생 은식의 기행(奇行)이 시작된다.

빠~아아앙!

장성읍을 출발한 첫차 광성여객이 비포장도로인 1번 국도의 회뿌연 먼지를 뒤로한 채로 못재를 넘어오면서 몇 차례의 경적을 울린다. 못재 아래에 형성된 마산, 시목, 영신 등의 마을에서는 수많은 학생들이 이 차를 이용하여 광주시로 통학하고 있으므로 경적을 듣고 승차할 준비를 하라는 신호이다.

새벽 6시 30분이면 정확하게 집을 나서는 은식의 힘찬 발걸음이 시목마을 서쪽에서 동쪽으로 이어진다. 은식의 복장은 할아버지 공장진이 면장 재직 시절에 입었던 두꺼운 외투이며 신발은 흰 고무신이다. 그의 바지 주머니에는 광주시까지의 왕복 교통비인 260원이 발소리와 함께 박자를 맞추어 소리를 내고 있다.

　여름이 가까워지자 은식의 등하교 복장이 바뀐다. 흰 고무신은 그대로이나, 삿갓을 쓰고 지팡이를 쥔 '공 삿갓'이 된다. 가을이 되자 은식의 복장은 다시 교련복으로 바뀐다. 다시 겨울이 가까워지면 외투를 꺼내 입는다. 실내에서도 외투를 벗지 않는 은식의 비밀은 같은 방을 쓰고 있는 충식만이 알고 있다. 은식의 낡고 오래된 바지의 뒷부분이 해어져서 긴 외투를 벗으면 하얀 속옷이 보이기 때문이다.

　현실적인 가난을 주관적인 신념으로 헤쳐나가는 은식의 모습을 보면서 충식은 가난을 극복하는 방법을 터득하였다. 충식이 보기에 공은식은 최고의 부자였다.

　은식은 현재 전국 어린이집 연합회의 회장이며 관련 교육 사업을 하고 있다.

34. 거목, 쓰러지다

1978년 봄. 시목마을이 형성된 이후 최대의 인파가 모여들고 있다. 마을의 중앙에 위치한 넓은 광장은 각지에서 찾아오는 사람들의 차량으로 주차장이 되었고, 공씨 종갓집의 넓은 마당도 몰려드는 문상객들을 수용하기에 비좁을 정도이다. 68세의 공장진이 영면한 것이다.

지천명을 바라보는 상주 영준이 상복 차림으로 상여 앞에 엎드려 천붕지통(天崩之痛)을 달래고 있다. 상여지기의 방울 소리와 함께 구성진 장송곡이 울려 퍼진다.

"어-어-어-어- 에 헤이 허-오-"
"아-아-아-아- 어 어이 어-오-"

"부모, 동생 이별하고 이제 가면 언제 오나."
"인명은 재천이라 죽어 갈 길 서럽구나."

"명산대찰 찾아가니 북망산천이 여기일세."
"금옥같은 중한 일신, 구름같이 가는구나."

"어-어-어-어- 에 헤이 허-오-"
"아-아-아-아- 어 어이 어-오-"

십수 명의 장정들로 구성된 상여꾼들이 천 석의 무게를 감당하지 못하고 힘들게 꽃상여를 들어 올리고 있다.

며칠 전, 분향초등학교 6학년 충식이 하교 후에 제일 먼저 정제 방을 열고 힘차게 인사를 드린다. 오늘도 할아버지인 장진이 들려줄 옛날이야기와 곶감 한 개를 기대하면서. 장진의 명의로 남아있는 방죽목의 창고에서 나오는 임대 수입은 그의 유일한 군것질인 곶감을 구입하는 비용으로 사용되고 있었다.

"할아버지, 학교 다녀왔습니다."

장진이 평소대로 환한 웃음을 지어야 하는데, 오늘은 그렇지 않다. 8년 동안 장진의 일상생활 도우미 역할을 하던 충식이 장진에게 다가가 안색을 살핀다. 장진의 어두운 얼굴과 불규칙한 숨소리를 처음 보게 된 충식이 울음보를 터트리며 안방으로 뛰어간다.

"아빠! 할아버지가 이상해!"

영준의 등에 업힌 공장진이 정제 방에서 안방으로 옮겨진다. 1974년도에 설치되었던 전화기가 형제자매와 일가친척들에게 장진의 위독한 병세를 알리고 있다. 문암댁과 사 남매(공연창, 공연숙, 공금덕, 공선덕)가 시목마을에 연이어 도착한다. 이틀 후, 봄비가 세차게 내리던 날 천 석으로 포장되었던 꽃미랑 공장진의 얼굴 위에 하얀 천이 올라간다.

수십 개의 만장(輓章)을 앞세운 상여가 시목마을을 한 바퀴 돌고 평밭동 선산으로 향하고 있다. 상주와 친인척과 수백 명의 조문객들의 긴 행렬을 이루며 뒤를 따른다. 시목마을 중앙에 위치한 광장에서는 공장진의 옷과 물품 등이 불태워지고 있다. 이 중의 일부는 주민들이 재활용하기 위해 각자의 집으로 가져간다.

공씨가의 선산 자리만 남긴 수만 평의 평밭동이 옛 주인인 공장진을 무겁게 맞이하고 있다. 시목마을을 향하여 안장되는 장진의 안식처는 단한 평에 불과했다. 장진의 장례가 끝난 후, 천 석의 상징이었던 방죽목의 쌀 창고마저 공씨가를 떠나게 된다.

다음 해인 1979년 겨울.

공씨 종갓집 마당 우측에는 큰 전나무가 하나 있다. 처음에는 마당 좌측의 화단에 있었던 것을 조경(造景)에 관심이 많은 당주 영준이 옮겨 심은 것이다. 영준은 넓은 마당 안의 화난과 수십 그루의 나무를 잘 가꾸는 취미를 가지고 있다.

높이가 무려 15m 정도나 되는 이 나무는 영준이 15세 때 심었던 것이니 35년 이상 된 것이다. 전나무는 일직선으로 곧게 자라지만, 주위에 다른 나무들과 경쟁하는 특성을 가지고 있다. 가지를 거의 수평으로 뻗어 이웃과 맞닿게 만든다. 이 때문에 햇빛이 들어올 수 없게 되어 그 바닥은 경쟁이 될 만한 다른 나무들이 아예 싹을 틔울 엄두도 못 낸다.

장성남중학교 1학년 충식은 교과목 중에서 국어와 한문을 제일 좋아한다. 일주일에 두 시간 정도 있는 한문 시간에는 충식의 집중력이 배가 되었고 한문 시험은 거의 만점을 맞았다.

또한, 장성남중학교에서는 '영어·한자 등급제'를 실시하고 있다. 모든 학생들에게 백지를 나누어 주고 자기가 알고 있는 영어 단어와 한문을 쓰게 해서 등급을 주는 제도이다. 그뿐만 아니라 학생들의 명찰은 모두 한문으로 표기하고 있다. 우리가 사용하는 명사의 80% 이상이 한문이라는 점에서 대단히 실용적인 제도라고 할 수 있다. 충식은 한문 교과서 이외에도 상용한자 1,800자를 다룬 교재를 이미 정복한 상태이다.

충식이 집에서 『삼국지』를 읽으며 혼자 있을 때 나이가 지긋한 탁발승

한 명이 대문을 열고 들어온다. 충식은 습관대로 대청에 있는 뒤주에서 보리쌀 한 컵을 담아 보시한다. 당시까지만 해도 동냥치들이나 상이군인, 스님들이 집마다 돌아다니며 구걸을 하던 시절이었다. 보리쌀을 받고 대문을 향하던 스님이 갑자기 되돌아오면서 충식에게 종이와 볼펜을 구하는 듯한 손짓을 한다.

필기구를 받아든 스님은 종이 위에 '곤(困)' 자를 써서 충식에게 보여 준다. '무슨 뜻인지 아느냐?'라는 표정이다.

'스님은 벙어리인가?'

이상하다는 생각을 하면서 충식이 대답한다.

"곤궁할 곤입니다."

스님이 환하게 웃으며 마당의 큰 전나무를 가리킨 후 대문을 향하여 걸어 나간다. 충식이 고개를 갸우뚱거리면서 한참을 생각한다.

'입 구 자 안에 나무 목이라. 마당 안에 나무가 있어 곤궁하다?'

잠시 후, 출타 중이었던 영준이 귀가한다. 당시에 영준은 매일 장성읍으로 출퇴근하면서 '통일 운동'을 위한 기반을 닦고 있었다. 충식은 방금 전에 있었던 스님에 대한 이야기를 하면서 스님이 적어준 종이를 영준에게 보여 준다.

'곤' 자를 쳐다보던 영준의 안색이 급변하면서 황급히 일어나 헛간으로 향한다. 영준은 큰 톱과 도끼를 이용하여 전나무를 자르기 시작한다. 한참이 지나서야 35년 동안 공씨 종갓집의 지붕보다 높은 곳에서 마당을 내려 보며 호령하던 거목이 쓰러진다. 쓰러진 전나무의 가지를 치면서 마당을 정리하던 영준이 옆에서 이를 돕고 있는 막내 충식에게 말한다.

"뜰 안에 큰 나무를 심으면 '곤궁할 곤(困)' 자가 되어 집안이 쇠락하게 되고, 특히 전나무는 같은 종끼리 경쟁하며 자라는 식물이다. 내가 이러한 사실을 잘 알면서 그동안 왜 방치했을까? 앞으로는 좋은 일만 생길 거야."

영준은 대견하다는 듯이 흡족한 미소를 지으면서 막내 충식의 머리를 쓰다듬는다.

35. 10·26과 5·18

장성읍에서 광주시로 향하는 광성여객 첫차가 비포장도로인 1번 국도를 따라서 오전 6시 40분에 정확하게 시목마을에 도착한다. 버스 안내양은 승차하는 학생들에게 편도 요금 130원을 받으며 힘차게 소리친다.

"오라~잇!"

조선대학교 법학과 1학년 공은식이 올라타자 버스 안에서 은식을 훔쳐보던 여학생들이 수군거린다.

"공연라 오빠란다. 너무 잘생긴 거 아냐?"

"조선대 법대 수석이라고 하던데."

은식은 뒷자리가 비어 있어도 버스의 맨 앞에 서서 책을 읽기 시작한다. 하루에 서너 시간을 소비할 수밖에 없는 통학 환경을 극복하기 위함이다. 사당 오락의 목표가 대학 진학에서 사법고시 합격으로 바뀌게 된 은식의 눈초리가 매섭기만 하다.

봉남댁(공은식의 모친, 최행순의 택호)은 무슨 수를 써서라도 늘 장남 공은식의 교통비를 마련하고 있다. '무슨 수'란 장남의 교통비를 우선순위로 하다 보니 연라, 현옥, 문식의 교통비를 줄 수 없는 상황이 된 것이다. 실제로 교통비를 받지 못한 공은식의 동생들은 수십 리 길을 걸어서 등교하거나 결석을 하기도 하였고 중도에 학업을 포기하기도 했다.

이처럼, 극심한 가난으로 인한 공씨가의 흑 역사는 1970년대 초반부터

1980년대 중반까지 십수 년 동안 이어졌다. 육 남매가 대부분 초·중·고생이던 시절이었다. 다만, 장녀 공현라는 초등학교 시절에 할아버지인 공장진이 면장에 재직 중이던 터라 학교에서 공주 대접을 받았으며 천 석의 재산을 맛이라도 본 유일한 경우이며, 막내 충식은 스스로는 힘들었지만, 형, 누나들에 비하면 호강에 초칠을 했다는 표현이 맞다고 할 수 있다.

1979년 가을. 연례행사인 조선대학교의 축제가 열리고 있다. 은식이 속한 법대 1학년들이 이번 행사를 위해 준비한 농악 놀이가 학교 운동상에서 펼쳐지고 있다. 청·홍·백의 고깔을 쓰고 무명저고리와 짚신을 신은 은식이 맡은 역할은 상쇠(농악대의 지휘자)이다. 꽹과리, 징, 장구 등의 한판 놀음이 끝나자 수많은 관중들이 박수를 보낸다.

이어서, 농악대 복장의 은식이 기타를 들고 나타나자 은식을 중심으로 3~40명의 학생들이 둥글게 원을 만들어 앉는다. 〈나 어떡해〉, 〈탈춤〉, 〈내가〉 등 역대 대학 가요제의 수상 곡들이 연이어 울려 퍼진다. 우수한 성적에 삿갓을 쓰고 다니는 기인 은식의 기타와 노래 솜씨는 수많은 여대생들 사이에서 관심의 대상이 될 수밖에 없었다. 사법고시 준비생 공은식의 평범한 학창시절은 이렇게 시작되었다. 적어도 10·26과 5·18까지는 그랬다.

1979년 10월. 부산과 마산에서 대규모 반정부 시위가 일어나자 이를 진압하기 위해 두 지역에 각각 계엄령과 위수령이 발동되었다. 이 부마사태의 처리 문제에서 차지철의 강경 노선이 채택되자 진퇴 위기에 몰린 김재규가 대통령과 차지철을 살해한다. 1979년 10월 26일 '어느 날 오후'에 발생한 사건이다.

초·중학교 시절에 반공 웅변대회와 반공 글짓기 대회의 단골 입상자였던 충식이 장성남중 1학년에 재학 중이던 때이다. 14세의 충식도 당시의 어수선한 분위기를 느끼면서 친구들과 대화하고 있다.

"김재규라는 사람은 참 나쁜 사람이야! 어떻게 우리 대통령을 죽일 수 있단 말이야. 경제 발전을 통해 선진국으로 나가는 중차대한 이 시점에."

"맞아! 사형시켜야 해!"

충식이 열변을 토하자 주위의 학생들이 동조한다. 중학교 1학년 때부터 피리를 잘 불어서 소풍 갈 때마다 반 대표로 장기자랑을 나갔던 충식은 당시에는 그의 영웅이었던 박정희의 서거를 애도하면서 슬픈 표정으로 피리를 분다.

솔라도 도도도 도라솔 라도, 솔라미 솔라미 레레미파솔.

"겨레의 평화와 번영을 위해, 묵은 제도 갈아서 새롭게 하고
참신한 사회와 참된 민주의 새 역사를 창조하자.
시월의 찬란한 유신의 새 아침이다.
조국의 영광을 길이 빛내자. 길이길이 빛내자."

왜곡된 병영 국가의 세뇌 교육으로 무장되었던 충식의 생각은 이어지는 5·18 광주 항쟁의 참상을 경험하면서 바뀌게 되었고 '지역감정'이라는 단어를 처음으로 접하게 된다.

1980년 5월 18일.
장성남중학교 2학년 충식이 형들이 입었던 색 바랜 교복을 입고 동급생들과 1번 국도를 따라 등교한다. 이날 장성남중학교에는 교사들의 대량 지각 사태가 발생한다. 대부분의 교사들은 광주시에서 버스를 타고 출퇴근하였으나 광주시는 이미 계엄군에 의하여 철저히 포위되었고 모든

사람, 차량, 통신망이 차단되었기 때문이다. 일부 교사들이 광주시에서 장성남중학교까지 위험을 무릅쓰고 걸어서 도착한 시간에 충식은 도시락 반찬인 '다꽝'을 먹고 있었다.

같은 날, 조선대 법대 2학년 은식을 태운 첫차 광성여객이 산동교 앞에서 멈춰 선다. 산동교는 광주시의 북쪽과 광산군의 경계인 영산강을 연결하는 긴 다리이다. 다리 위에는 바리케이드가 설치되었고 무장한 군인들의 김문·김색이 이루어지고 있었다. 공은식을 포함한 수많은 동학생들은 더 이상 학교에 갈 수 없었다. 학교에 가도 공부할 수가 없었다. 조선대학교 대운동장에는 수십 개의 군용 천막과 텐트가 설치되었다. 광주시의 도청 및 금남로와 가까운 조선대학교 운동장은 계엄군의 임시 주둔지가 되었기 때문이다.

시목마을의 천지동에서는 북쪽에 있는 못재가 한눈에 보인다. 못재의 서편으로는 호남고속도로가, 동편으로는 1번 국도가 광주시를 향하고 있다. 천지동에 오른 충식이 『삼국지』를 읽다가 잠시 쉬면서 양 도로를 쳐다본다.

'이상하다. 왜 고속도로나 1번 국도에 차들이 다니지 않지?'

잠시 후, 충식은 긴 행렬의 차량이 호남고속도로를 통하여 광주시 방향으로 향하는 광경을 발견한다. 비상등을 켠 지프가 선두로 달리고 있으며 뒤를 따르는 셀 수 없는 군용 트럭은 중무장한 군인들을 가득 싣고 있었다. 못재부터 시목마을 앞까지 약 2㎞를 연결하는 차량 행진은 장관이었다. 다음 날인 5월 27일 9시 뉴스에는 폭도를 연행하는 계엄군에 의하여 광주 사태의 시위 진압이 완료되었음을 알리고 있었다.

충식은 5·18을 통해서 부친 공영준의 새로운 모습을 보게 된다. 영준은 텔레비전에 나오는 뉴스가 사실과 정반대라며 가족들에게 설명하였고 급기야는 얼굴이 벌게지면서 '욕'까지 했다. 15세의 충식은 처음이자 마지막으로 영준의 욕하는 모습을 보았다. 영준의 욕이 나온 다음 날, 광주 MBC는 시민군에 의하여 불태워졌다.

경상도 출신의 군인들이 광주 시민을 다 죽인다는 유언비어는 누가 퍼트렸는가?

전일 빌딩을 향하여 기총 사격을 퍼부었다는 헬기의 진실은 무엇인가?

최근 두 사람의 증언에 의하여 당시에 운용되었다는 편의대가 한 일은 무엇인가? 발포 명령인가, 사살 명령인가? 5·18 광주는 누군가에 의해 사전에 계획된 시나리오였는가?

1894년. 대포와 소총 등의 신식무기로 무장한 일본군과 관군에 대항하여 죽창을 손에 든 수만 명의 동학 혁명군이 우금치산을 오르고 있다. 폭포수처럼 뿜어대는 탄환 앞에 추풍낙엽처럼 쓰러지는 동지들을 보면서 그들은 대오를 정비하고 계속 전진한다. 죽을 줄 뻔히 알면서도, 다시는 노예로 살지 않겠다는 결심이 있었기 때문이다. 동학 혁명군은 태어나서 처음으로 주인이 된 것이다. 그로부터 86년 후, 1980년 광주시의 금남로는 '우금치'였다.

36. 외화내빈(外華內貧)

1980년, '서울의 봄'이 도래한다. 1968년 체코슬로바키아의 '프라하의 봄'에 비유한 표현이다. 이는 곧 1979년 10월 26일부터 1980년 5월 17일의 신군부의 계엄령 발동 시기까지를 말한다.

시목마을 공씨 종갓집의 대문 앞에는 보안 요원이 새벽부터 상주하고 있다. 인민군의 포로 출신이었던 공영준을 감시하기 위함이 아니다. 그들에 의해서 이제 공영준은 전라남도 장성군에서 가장 영향력 있는 재야인사 1호로 분류되었기 때문이다. 특히 총선, 대선, 지자체 등의 선거 기간 중에는 담당 요원이 영준의 일거수일투족을 미행하며 감시하고 있다. 5년 전부터 장성군 내에서 활발한 사회 활동을 시작한 영준의 명함은 이렇다.

- 신민당 장성군 고문
- 국제승공연합 장성군 지부장
- 남북 통일운동 국민연합 장성군 지회장
- 백양 산악회 회장
- 곡부공씨 전라남도 종친회장
- 헌정회 전라남도 지회장

영준은 장성읍 버스터미널과 군청 사이의 상가 건물 2층에 개인 사무실을 마련한다. 통일교회와 장성군청의 지원을 받아 마련된 사무실의 입구에는 명함과 똑같은 간판이 여섯 개나 붙어있다. 영준은 본인의 소유로 되어있던 공필장 효행비를 장성군의 역사유물로 기증을 하면서 반대급부로 사무실의 임대 보증금을 얻어 낸 것이다. 전남대 법대 5년 후배가 장성군수로 재직 중이었기 때문에 가능한 일이었다.

'무엇을 할 것인가?'

수년 동안 고민을 하던 영준이 내린 결론은 다음과 같다.

'나는 대한민국에서 공식적으로 설 땅이 없다. 돈도 없다. 시간도 없다. 그러나 남들보다 배움은 많으며 그로 인한 인맥이 풍부하다. 남북통일은 반드시 이루어질 것이다. 그때를 대비하자. 지역 사회에서 정치, 사회, 문화, 종교, 친목 활동을 통해서 민심을 움직일 수 있는 통일된 조직을 만들자.'

영준은 신민당에 입당하여 정당 활동을 시작한다. 당 위원장이 될 수 없는 형편(경제력, 신원)상, 광주농고 후배인 정치 지망자를 위원장으로 세우고 실권을 쥔 고문의 역할을 맡게 된다.

조직 운영에 필요한 운영 자금은 국제승공연합의 장성군 지부장을 맡으면서 많은 후원을 얻어서 충당한다. 1970~80년대의 국제승공연합은 국내에 시·도 지부를 위시하여 230개의 시·군 지부 그리고 3,416개의 읍·면·동 지부로 되어 있었으며 대략 천만 명 정도의 회원으로 방대한 조직을 가지고 있었다. 그중에서도 공영준이 조직한 장성군 지부는 매년 최우수 지부로 선정되었다.

장성군을 상징하는 백양사의 단풍은 전라북도 정읍의 내장산과 쌍벽을 이룬다. 영준은 장성군 산하 11개 읍·면에 있는 유지급 주요 인사들을 '엄선'하여 백양 산악회를 결성하였고 이 모임은 장성군민들에게 선호의 대상이 되었다.

전남대 법대 1회 동기회장 출신의 영준은 헌정회 전남지회장의 역할까지 맡게 되었다.

영준은 다시 광주농고와 전남대 법대의 동문 활동을 시작한다. 장성군 청에서는 이러한 영준의 활발한 활동을 주시하면서 주기별로 영준을 초청하여 군청 회의실에서 공무원들에 대한 특강을 요청했을 뿐만 아니라 군내의 각종 행사에 귀빈으로 초대함은 물론, 군 지역 내 여러 사업에 대하여 직간접적으로 수혜를 제공하였다.

"공 면장(공장진)의 아들 공영준이 다시 장성군을 주름잡는구나."라는 말이 유행했을 정도이다.

영준의 통합 사무실은 특히 선거 기간이 가까워질수록 문전성시를 이루게 된다. 영준이 운영하는 지역 내의 방대한 조직이 선거의 당락을 좌우할 정도였기 때문이다. 총선이나 지자체 선거의 입후보자들은 제일 먼저 통합 사무실의 '공 회장'에게 인사를 하러 올 수밖에 없다. 심지어는 밤늦은 시간에도 시목마을까지 개별적으로 찾아와 지지를 호소할 정도였다.

영준은 5년 동안 시목마을에서 장성읍까지의 하루 왕복 교통비 오백 원을 투자하여 장성군을 현실적으로 '접수'한 것이다. 청출어람(靑出於藍)인가? 25년 전의 장성군 읍·면장 협의회장이었던 공장진을 능가하는 영준의 눈부신 사회활동은 2000년 초반까지 20년 동안 지속된다.

그러나 영준의 이러한 사회활동은 가계에 도움이 되는 수입이란 전혀 없다는 것이 큰 문제였다.

1980년 가을. 충식(공영준의 삼남)이 아침에 일어나 토방에서 세수를 하고 있다. 사용한 지 일 년이 넘은 칫솔은 칫솔모가 다 닳아서 옆으로 벌어진 상태로 그 기능을 하지 못하고 있다. 치약이 없어서 굵은 소금을 이용하여 이를 닦고 빨랫비누로 머리를 감는다. 막내 충식의 볼이 부어 있는 것을 안타깝게 지켜보던 대학교 2학년 은식이 옆으로 다가온다.

·

"중학교에 다니고 있어서 생긴 일이잖아? 학교도 못 가고 공장에서 일하고 있는 우리보다 더 어려운 사람들을 생각해라. 알았지?"

"큰 성아야. 걱정하지 마. 난 다음에 멋지게 신혼여행을 갈 거야."

막내 충식의 기가 막힌 대답을 들은 은식의 눈가가 촉촉해지며 장남으로서의 책임감을 생각한다.

'불쌍한 놈. 무슨 일이 있어도 막내만큼은 내가 잘 키워야겠구나.'

가정 형편상, 충식은 장성남중학교 2학년 가을에 예정된 수학여행을 갈 수가 없었다. 하지만 충식이 더 억울해하는 것은 수학여행을 못 간 사실이 아니다. 초등학교 때부터 친구들에게 부자인 척하면서 가난을 위장했던 사실이 모두 탄로 났기 때문이다.

동급생 친구들이 수학여행을 떠나던 날, 천지동에 홀로 오른 충식이 소나무 위에 올라 못재를 향하여 울분을 토하고 있다. 분하고 억울했던 충식은 많은 생각을 하였고 밤이 깊어서야 집으로 돌아온다. 공씨 종갓집 대나무밭 후면에 위치한 천지동은 이처럼 공씨가의 육 남매들에게는 소중한 장소이다.

'내가 나중에 어른이 된다면.'

가난으로 인한 충식의 고통과 방황은 공씨가의 육 남매 중에서 가장 짧고 치열하게 종지부를 찍는다.

3년 후, 전남고등학교 2학년 충식은 부모, 형제자매의 엄청난 후원과 관심 속에서 4박 5일의 수학여행을 갈 수가 있었다. 막내 충식이를 제외한 오 남매가 모두 각자의 위치에서 경제 활동을 하고 있었기 때문이며 형, 누나들은 그들이 겪었던 고통을 막내만큼은 벗어나게 하려는 공통의 인식을 늘 갖고 있었다.

광기의 시대라고 표현할 수밖에 없는 5·18 광주 민주화 항쟁의 참상을 몸소 체험한 공은식은 변했다. 은식은 사법고시의 꿈을 접었다. 공씨가의 모든 구성원들이 장남 은식이 최소한 행정고시를 통과하고 장성군수까지는 할 것이라고 믿어 의심치 않았던 시절이다. 특히, 공씨가의 미래를 걸고 장남을 위해 혼신의 힘을 다하고 있던 행순의 실망은 보통 일이 아니었다.

은식의 교회 활동이 시작된다. 방죽목에 위치한 분향교회(대한예수교장로회)에 매일 출퇴근할 정도이다. 주일학교 교사, 중·고등부 교사, 청년회 회장, 성가대 지휘자 등 교회에서 맡을 수 있는 모든 직분을 수행하고 있다.

문식과 충식도 은식을 따라서 분향교회에 다니게 된다. 선거에 의해서 문식은 고등부 회장, 충식은 중등부 회장이 된다. 삼 형제가 어찌나 닮았던지, 이를 지켜보던 목사님과 수많은 교인들이 감탄을 금치 못한다. 형제들이 서로 닮았다는 것은 엄청난 경쟁력이다.

1980년. 천지동. 작가 공충식.

37. 연좌제

1981년 3월 25일. 장성읍의 통합 사무실 상석에 앉아 있던 영준이 조간 신문을 읽다가 입가에 쓴 웃음을 짓는다.

"이 극악무도한 정치군인들이 이런 일도 할 줄 아는구나."

영준을 '공 회장님'으로 호칭하는 대여섯 명의 통합 사무실 관계자들이 영준의 뒤로 모여들면서 신문의 내용을 주시한다. 신문의 헤드라인 뉴스는 다음과 같았다.

"연좌제(連坐制) 폐지, 국보위 신원 기록 일제 정리키로."

신문 기사를 꼼꼼하게 읽은 영준은 대학교 3학년에 재학 중인 24세의 큰아들 은식을 떠올리며 혼자 안도의 숨을 쉰다.

'휴~우! 이제 나도 자식들에게는 걸림돌이 되지 않겠구나.'

그날 오후, 1970년부터 금연·금주를 유지하던 영준이 11년 만에 다시 술을 마시게 된다. 영준이 사무실 관계자를 모두 집합시켜 회식을 진행한 것이다. 평소에 술 근처에도 가지 않았던 영준이 주량이 표호(標號)되고 있다. 회식의 참석자 중에는 남진의 노래 <가슴 아프게>를 열창하는 영준의 신원을 아는 이가 없다. 모두들 비장한 표정으로 폭음하는 영준을 의아하게 생각할 뿐이다. 회식을 마치고 시목마을로 돌아오는 광성여객 버스 안에서 영준의 머릿속에는 뼈저린 과거의 기억들이 주마등처럼 스쳐 지나간다.

'전남도청 공보실, 농업은행 광주 지부, 그리고 숙문학교, 동생 연창의 공무원 임용 과정에서의 몸부림.'

연좌제는 1894년의 갑오개혁 때 폐지되었다.

> "범인 이외에 연좌시키는 법은 일절 시행하지 마라(罪人自己外緣坐之律
> 一切勿施事)."

이 연좌제가 부활한 것은 다름 아닌 한국 전쟁 때였다. 전쟁이 터지자마자 한강 다리까지 폭파하며 급하게 도망간 사람들이 서울 수복 후 돌아와서 행한 것이 바로 잔류한 부역자들에 대한 혹독한 검거와 낙인찍기였다. 부역자, 월북자 그리고 그 가족들까지도 수십 년간 감시와 신원 조회의 고통을 받으며 살아야 했다. 이외에도 해외여행 때 여권이 나오지 않거나 고위 공직자 임명에서 배제되는 등 불이익을 받는 경우가 허다했다.

연좌제가 폐지된 지 2년 후인 1983년 여름.
전남고등학교에 진학한 충식은 광주시 임동에 있는 지하 단칸방에서 공연라와 함께 자취 생활을 하고 있다. 지하 단칸방의 보증금은 남해 장학금(최동수의 장학 사업)으로 마련됐다. 화려했던 미스 롯데 생활을 정리하고 광주시로 다시 내려온 연라는 의류 판매 사업을 하면서 막내 충식의 학업을 후원하고 있었다.

최계신 외삼촌의 전화 연락을 받은 24세의 연라는 학교를 마치고 돌아온 고등학교 2학년 충식의 손을 잡고 광주시의 오치동으로 가는 버스에 몸을 싣는다. 미인 연라가 버스에 올라타자 승객들의 모든 시선이 연라에게로 모여든다. 이를 잘 알고 있는 충식이 우쭐해 한다. 광주시 오치동은 ◇◇사단이 위치한 곳이다. 육군 중령 최계신(최행순의 남동생)은 당시 사단의 정보 참모로 복무 중이었다.

광주제일고교를 졸업하고 조선대학교 의예과에 진학한 최계신은 중도에 진로를 변경하여 본인의 적성에 가장 적합한 장교의 길을 선택한다. 계신은 34세에 중령으로 초고속 진급하였고 전방 백골 사단에서 최연소로 대대장을 마친 후, ◇◇사단으로 전입해 온 것이다. 최계신은 공씨가의 삼 형제들에게 막대한 영향력을 행사하였으며 특히, 군 입대 및 군 복무 과정에 결정적인 후원을 하게 된다.

연라와 충식이 버스에서 내려 군인 가족들을 위한 주거 시설인 영관급 관사 앞의 위병소를 지나치는 순간 연라의 예쁜 얼굴을 본 초병의 동공이 확대된다. 그는 순간 보초 수칙을 망각하고 있었다.

두 남매가 도착하기 전에 이미 안에서는 성대한 잔치가 벌어지고 있었다. 잔치상 앞에는 최계신 중령과 장교 정복 차림의 육군 소위 공은식이 마주 앉아 있었으며 은식의 옆에는 최행순이 입을 다물지 못하고 계속해서 싱글벙글 웃고 있었다. 공은식의 목에 육군 참모총장으로부터 받은 금메달이 걸려 있었기 때문이다.

조선대학교 법학과를 졸업한 공은식은 선발 과정을 통해서 학사 장교로 임관하였고 임관 후, 필수 코스인 초등 군사반 교육(O.B.C.)을 수석으로 졸업하였다. 공은식의 장교 선발 과정에서 보안 요원은 신원 조회를 위하여 시목마을을 직접 방문하여 조사 과정을 거치게 된다. 연좌제의 폐지가 없었더라면 은식의 장교 임관은 불가능한 일이었다.

기분 좋게 취한 육군 중령 최계신이 조카이자 장교 후배인 공은식 소위에게 잔을 권한다.

"공은식 소위! 그대가 이 외삼촌이 13년 전에 그랬던 것처럼 똑같이 O.B.C.(초등 군사반 교육) 교육생 천 명 중에서 일등을 했다고?"

"예, 그렇습니다."

"누나는 참 좋겠네. 이제 공씨 집안의 앞길은 은식이한테 달려 있네."

"충식이 너도 삼촌과 큰형을 본받아야 하느니라."

고등학교 2학년 충식도 최계신 삼촌이 권하는 맥주 한 잔을 마시게 되었다. 충식의 장래 희망이 교사에서 장교로 바뀌는 순간이었다.

30여 년 전 인민군의 포로 공영준은 영천에서 수용소를 탈출하여 구사일생으로 살아남았고, 그의 큰아들 공은식은 영천시 호국로에 위치한 육군 삼사관 학교에서 소정의 과정을 통해 육군 소위로 임관한 후, 다시 광주시에 소재한 상무대에 와서 O.B.C. 교육을 수료한 것이다.

다음 날, 공은식을 앞세운 최행순이 봉산마을로 향하고 있다. 친정을 향하는 행순의 발걸음이 처음으로 가볍다 못해 거의 날아가고 있다. 행순의 손에는 장남 은식이 받아온 금메달이 보란 듯이 쥐어져 있기 때문이다.

"지금부터 시작이다. 더욱 정진(精進)하도록 하여라."

환한 표정의 최동수가 장교 정복 차림으로 거수경례하는 은식을 쳐다보면서 웃음을 짓는다. 최동수의 넓은 이마 위의 주름살이 모처럼 펴지고 있다.

38. 종이학

1986년 가을.

조선대학교 학군단 앞의 게시판에 수십 명의 학생들이 몰려든다. 잠시 후에는 군 장학생 최종 합격자 명단이 발표될 예정이기 때문이다. 그중에는 공충식과 임진주가 가슴을 졸이면서 서 있다. 경제학과 동기생 임진주(현재 현대화재해상 보험 부장)는 전남 장흥에서 충식과 비슷한 처지의 가정 형편으로 광주시에 유학을 온 상태이다. 상사 계급을 단 인사계가 합격자 명단을 게시한다. 7대 1의 경쟁률을 통과한 두 젊은 청년이 환호성을 지른다. 두 사람 모두 이번 시험에 탈락하면 내년에는 모두 일반 사병으로 군 입대를 해야 하는 소집 영장을 받아 둔 상태였다.

서류 심사, 신체검사, 체력 검사, 면접, 신원 조회 등의 과정을 거치는 학군 장교 후보생 선발 과정은 약 6개월 정도 진행되었으며 보안 요원은 또다시 시목마을에 방문하여 충식의 신원 조사를 하게 되었다.

1980년대의 군 장학생 제도는 충식의 입장에서는 '한 줄기의 빛'이라고 표현할 수 있었다. 가정 형편상 도저히 감당할 수 없는 향후 3년 동안의 대학 등록금은 국가로부터 무상으로 지원받게 되었으며, 대한민국 남성으로서 반드시 필해야 하는 병역의 의무도 해결되었고, 졸업 후의 직장 문제도 본인이 선택에 따라 직업 군인으로 남으면 되는 것이었다.

장남 공은식의 방향 제시와 1년 동안의 등록금 후원, 육군 중령 최계신의 추천서 그리고 20세의 청년 충식이 매일 기도하면서 치열하게 준비한 결과는 향후 충식의 인생에 가장 큰 영향을 끼치게 된다. 장래에 대한 불확실성이 사라진 충식은 모든 일에 자신감을 갖게 되었고 성격이 대단히 긍정적이고 미래지향적으로 변신하는 제2의 자아 형성기를 보내게 된다.

공중전화 부스로 달려간 충식은 제일 먼저 시목마을에 전화한다. 행순은 아침부터 종이학을 접으며 충식의 전화를 기다렸다. 8년 후, 육군 대위 공충식은 다음의 글을 『국방일보』에 기고한다.

〈어머니와 종이학〉

— 공충식

어느 날 텔레비전에서 방영하는 드라마를 보면서 천 마리의 종이학을 접으면 소원이 성취된다는 사실을 알게 된 우리 어머니께서는 이미 정해진 당신의 소원을 빌기 위하여 종이학 접는 일을 시작하셨습니다.

유치원에 다니는 손자로부터 종이학 만드는 법을 터득하시고 행여나 그 소중한 순서를 잊어버릴까 염려되어 밤새워 머릿속으로 종이학 만드는 방법을 생각하셨다는 우리 어머니.

하루라도 빨리 소원을 이루기 위하여 매일의 목표량을 정하시고 힘든 농사일 때문에 피곤하지만 새벽까지 종이학 접는 일을 하셨다는, 세상에서 가장 부지런한 어머니의 말씀은 저의 가슴을 뭉클하게 만들었습니다.

저는 천 마리의 종이학을 생각보다 늦게 접을 수밖에 없는 이유가 이미 어두워진 당신의 눈과 오랜 풍상과 농사일 때문에 곰의 발처럼 무디어진 당신의 손 때문이라는 사실이 안타깝기만 하였습니다.

색종이가 아니라 시골집에서 흔히 버려진 잡지의 표지 등을 재료로 이용하여 만드신 종이학의 모습은 아들이 보기에도 그것을 만들어낸 당신의 손처럼 거칠고 투박하기만 하였습니다.

사랑하는 어머니.

저희는 느끼고 있습니다.

당신의 얼굴의 주름살과 흰 머리가 무엇을 말하는지.

저희는 알고 있습니다.

종이학 한 마리, 한 마리에 정성을 들이시며 빌고 있는 당신의 소원이
무엇인지를.

저희도 몸소 행하고 가르치겠습니다.

당신이 행하신 고귀한 사랑과 정성을.

1988년 조선대학교 가을 축제.

학군단복을 깔끔하게 차려입은 충식이 기타를 들고 캠퍼스에 앉아서
노래를 부른다. 옷이 거의 없었던 충식은 학군단 교육이 없는 날에도 단
복을 입고 다녔다. 분명 복장 규정 위반이다.

충식의 기타 반주에 맞추어 〈사랑해〉, 〈담다디〉, 〈길가에 앉아서〉,
〈목화밭〉, 〈밤배〉 등의 합창이 이어진다. 충식을 중심으로 3~40명의
학생들이 둥그렇게 원을 그린다. 합창이 끝나면 여기저기서 앙코르 요청
이 빗발치고 막걸리와 파전 등의 서비스가 들어온다. 환호성과 갈채를 보
내는 관중들 중에서 누군가가 대화를 나누고 있다.

"그 유명한 공미랑이냐!"

"경제학과 3학년이라면서?"

기타 연주는 약간의 소질과 노력을 투자하면 누구나 할 수 있다. 그러
나 여러 사람 앞에서 기타 연주를 하면서 얻을 수 있는 자신감과 리더십
은 생각보다 크다.

충식은 다음 장소로 옮겨 동료들과 화음을 맞추어 노래한다. 또 하나의 원이 둥그렇게 만들어진다. 조선대학교 대운동장에는 그들이 만들어낸 대여섯 개의 원들이 올림픽의 오륜기처럼 축제의 밤을 수놓고 있다. 공장진의 별호는 35년이 지난 후에도 이어지고 있다.

육군 대위로 전역한 충식은 '선미후가(先味後價), 어식백세(魚食百歲)'의 철학을 가진 외식 경영 전문가로서 유명 브랜드의 외식 사업체를 경영하고 있다.

1990년 육군 소위. 작가 공충식.

39. 종이배

1990년 여름.

평양시 남포동의 대동강 수면이 석양으로 인해 붉게 물들고 있다. 검은 뿔테 안경을 낀 회색빛 생머리의 여성이 하얀 종이배를 만들어 강물에 띄우고 있다. 그리움과 소원이 담긴 수많은 종이배들이 넘실대는 강물을 따라 서남쪽으로 흘러간다.

'남쪽으로 내려가라. 부디 나의 마음을 전해 다오.'

자신이 띄운 종이배를 따라서 강변을 걸어가는 그녀의 치맛자락 사이로 아주 오래된 흉터가 보일 듯 말 듯 하다. 1950년 경기도 이천에서 미군의 폭격으로 종아리에 관통상을 입었던 인민군의 간호 군관 노연경 소위는 이제 62세의 노년이 된 것이다.

한국 전쟁 이후, 부친인 노치영 대좌에게 집안의 역사를 전해 들은 연경은 7년 동안의 군 복무를 마치고 군복을 벗게 된다. 연경은 이후 1,000만 남북 이산가족의 교류 및 고향 방문과 관련된 조선 적십자회에서 평생을 일해 왔다.

벤치에 앉은 연경이 가슴에 품고 있던 시집을 꺼내어 읽어본다.

〈길이 막혀〉

- 한용운

당신의 얼굴은 달도 아니건만
산 넘고 물 넘어 나의 마음을 비춥니다.

나의 손길은 왜 그리 짧아서
눈앞에 보이는 당신의 가슴을 못 만지나요.

당신이 오기로 못 올 것이 무엇이며
내가 가기로 못 갈 것이 없지마는
산에는 사다리가 없고
물에는 배가 없어요.

뉘라서 사다리를 떼고 배를 깨뜨렸습니까.
나는 보석으로 사다리를 놓고 진주로 배 모아요.
오시려도 길이 막혀 못 오시는 당신을 기루어요.

　연경은 강물 속에 있는 또 하나의 달을 바라보고 있다. 연경은 최후의 순간까지 변절하지 않았던 독립운동가이자 시인인 한용운을 좋아한다.

　그리고,
'여름에 태어났다고 했었지. 그도 이제는 환갑이 되었겠구나.'

　1990년을 전후하여 영준의 인생이 정점을 찍고 있다. 이벤트에 강한 공씨가의 육 남매들이 영준의 회갑을 그냥 지나칠 리가 없다. 위세 부리기를 좋아하는 공씨가의 가풍은 천 석의 재산이 사라진 후에도 여전히 유효하다. 공씨 종갓집 마당에서는 근래에 보기 드문 잔치가 벌어진다. 초청된 일가친척과 시목마을의 주민들 모두 대규모로 치러지고 있는 영준의 회갑연을 보면서 부러움을 감추지 못한다.

　현직에서 꿋꿋하게 사회활동을 하는 육 남매와 며느리, 사위 그리고 손자, 손녀들이 모두 한복을 맞춰 입고서 영준에게 절을 한다. 만취한 영준을 부축하고 있는 행순의 표정은 세상을 다 얻은 것만 같다. 극빈의 가정환경을 극복하고 자라난 육 남매들이 축하객들을 접대하느라 분주하다. 이를 바라보던 영준이 흐뭇한 미소를 지으면서 말한다.

"여러분! 마음껏 드십시오. 이제 우리 공씨 집안은 육천 석을 가진 부자가 되었습니다."

육 남매를 일일이 소개하는 영준의 호기가 하늘을 찌르고 있다.

장녀, 공현라(호텔 기획실장, 정당인).
장남, 공은식(교육 사업, 전국 어린이집 연합회 회장).
차녀, 공연라(교수, 화가).
삼녀, 공현옥(간호사).
차남, 공은식(중장비 건설업 대표).
삼남, 공충식(외식 경영 전문가, 작가).

공씨 종갓집 안마당에서 주인공 영준이 자리를 옮겨 저택의 후원에 홀로 앉아 술을 마시고 있는 멋진 신사복 차림의 축하객에게 다가간다. 눈매가 강렬한 이제명의 머리칼도 반백이 되어 있다. 며칠 전, 갑자기 배달된 편지를 통해서 자신의 방문 계획을 알려왔던 이제명이 시목마을을 찾아온 날은 공교롭게도 영준의 회갑 축하연이 있는 날이다. 제명이 말을 이어간다.

"나는 일본에서 왔다네. 그대를 위하여 나의 신상에 대해서는 말하지 않겠네. 인민군 △△연대장 김연식 대좌는 경기도 이천에서 미군의 폭격으로 전사하였다네. 총정치국의 노치영 대좌 밑에서 그대의 부친에 대한 구명운동에 최선을 다했었지. 노연경 소위는 전역 후 조선 적십자회의 중견 간부로 일하다가 몇 년 전에는 퇴임하였고 독신이라네. 남북 이산가족 상봉과 예술 공연단 교환, 이산가족 고향 찾기 운동에 큰 역할을 하였지. 노 소위의 조부는 독립운동가로서 장성 사거리가 고향이라고 하더구면. 노연경의 아버지가 바로 노치영 대좌라네."

40년 만의 해후는 짧게 끝이 났다.

다음 날 새벽에 사라진 이제명의 흔적을 지우던 영준이 하얀 종이배 하나를 발견하면서 생각에 잠긴다.

'이제 북한만 남았구나. 일본도 미국도 모두 다녀왔으니. 나의 세대에 과연 통일은 이루어질 수 있을까?'

영준이 운영하는 국제승공연합 장성군 지부는 막강한 조직력을 과시하면서 해외로도 진출하게 된다. 1년 전부터는 일본과 미국에 있는 조직들과 한 곳씩 자매결연을 하고 있으며 국제적인 상호 방문 행사를 진행하고 있다.

1989년. 한일 양국 자매결연.

40. 남해 유치원

2000년 2월 20일.

오후 9시 정각에 뉴스가 시작되자 앵커를 통해 첫 소식이 전해진다.

"시청자 여러분, 안녕하십니까? 요즘처럼 경제가 힘들어 각박한 살림살이를 하는 우리 국민에게 희망을 준 아름다운 육 남매의 선행을 알려드립니다."

텔레비전에 나오는 화면에서는 최남신, 행순, 향선, 정신, 계신, 의신의 육 남매가 다정하게 손을 잡고 있다. 그날의 뉴스가 전해진 후부터 오늘에 이르기 광주광역시 광산구 첨단봉산길 16-10(산월동 760-1)에 위치한 성모 남해 유치원에서는 수많은 아동들이 뛰어놀고 있다. 남해 유치원은 남해 최동수(南海 崔東洙) 선생의 호와 유훈을 딴 유치원이다.

'바른 생각을 하는 어린이'
'바른 행동을 하는 어린이'
'바른 말을 하는 어린이'

이와 같은 원훈(院訓) 아래 맑은 눈동자의 영혼들이 꿈과 희망을 키우는 장소이다. 시대의 교육자 최동수(최행순의 선친)의 좌우명은 교육입국(教育立國)이었으며 선친의 자랑스러운 유전자를 이어받은 육 남매도 아름다운 선행을 한 것이다. 당시의 보도 내용은 이렇다.

〈부모가 물려준 유산 10억 원, 유치원 지어 수녀회에 기증〉

부모가 남긴 유산을 고스란히 사회에 헌납한 육 남매의 이야기가 세인들의 마음에 따스함을 전하고 있다.

주인공은 최남신(69 · 숭실대 명예 교수) 행순(67) 향선(62 · 프란치스카 · 동정 성모회 수녀) 정신(59), 계신(56 · 요셉), 의신(50 · 에오데스) 씨 등 육 남매. 이들은 자신들이 자란 광주시 광산구 산월동 봉산마을에 부모님이 물려준 유산 10억 원으로 유치원을 지어 20일 동정 성모회에 기증했다.

육 남매는 부모님 소유의 임야가 광주 첨단지구로 수용돼 10억 원이 생기자 평소 검소하게 살면서도 자식들의 교육에는 아낌없이 모든 것을 헌신했던 부모님의 뜻에 따르기도 하고 유치원을 짓기로 의견을 모았다.

이들은 고향에 땅을 구입하고 건축에서부터 기자재 구입에 이르기까지 자신들의 손으로 직접 유치원을 쌓아 올렸다. 그리고 육 남매는 공사 8개월 만에 지하 1층, 지상 4층의 유치원을 완성 이를 동정 성모회에 기증했다. 셋째 최향선 수녀는 "가족들 모두가 유산을 교육 사업에 사용하는 것을 당연하게 생각하고 기쁘게 모든 일을 했다."라며 "어린이들이 하느님의 뜻에 따라 하느님의 더 큰 영광을 위해 자라나는 곳이 되길 바란다."라고 말했다.

- 임동근 기자. 『평화신문』(2000. 02. 27.)

초등학교 시절, 여름과 겨울 방학만 되면 문식과 충식은 외가집인 봉산마을로 향했다. 행순은 이들에게 돌아올 교통비를 준 적이 없다. 배고픈 손자들은 외할머니(서금례)가 해준 고구마 밥을 볼이 터지라고 입안에 밀어 넣다가 체하기도 했다. 마음껏 뛰놀고 있는 두 형제에게 최동수가 다가온다.

"문식이는 3학년, 충식이는 1학년이라고 했느냐? 놀지 말고 이 책을 읽어라. 읽고 또 읽어야 살 수 있다."

최동수의 손에는 두 손자의 나이에 맞는 책들이 한 아름 들려 있었다.

충식이 바라본 최동수의 참모습이었다. 몰락한 공씨가의 육 남매들에게 쏟아부은 최동수의 사랑과 정성을 글로 다 표현할 수는 없다. 후일 지천명이 된 충식이 남해 선생을 추모하면서 남긴 글이다.

南海掘井(남해굴정)
- 남해 선생이 우물을 만들어

教育之意(교육지의)
- 교육의 큰 뜻을 품었으니

開眼後孫(개안후손)
- 이에 눈을 뜬 후손들은

飲水思源(음수사원)
- 그 물을 마실 때마다, 근원을 생각한다.

2000년. 남해 유치원.

41. 명문가의 조건

2004년 겨울. 자신의 여명이 얼마 남지 않았음을 잘 알고 있는 75세의 영준이 병석에서 잠시 일어난다. 아랫배를 할퀴고 지나가는 병마의 고통을 참으며 영준이 마지막 남은 힘을 들어서 글을 쓰고 있다. 천 석의 재산보다 값진 가훈을 남긴다.

〈曲阜孔氏 農軒家訓(곡부공씨 농헌가훈)〉

修身齊家, 守分自足, 不求榮名(수신제가, 수분자족, 불구영명)
- 마음가짐과 몸가짐을 잘 닦고, 가정을 잘 정제하고, 분수를 지켜 스스로의 처지에 만족하고, 영화와 명예를 구하지 말아라.

孝友純篤, 敦睦親戚, 善隣親交(효우순독, 돈목친척, 선린친교)
- 어버이에게 효도하고, 형제간에 우애하고, 처신을 순결하고 착실하게 하고, 친척과 화목하고, 이웃들과 사이좋게 지내라.

勤儉恒貧, 齊家有度, 接人必恭(근검항빈, 제가유도, 접인필공)
- 근면하고 검소하고, 가난한 사람을 구제하고, 가정을 정제하는 데 법도가 있고, 남을 접대하는 데 반드시 공손하라.

志操凜然, 窮理經傳, 不取名利(지조늠연, 궁리경전, 불취명리)
- 지조가 늠름하고, 경전을 잘 연구하고, 명예와 이익을 취하지 말라.

공씨가의 가훈은 조선 말엽의 학자인 농헌(農軒) 공낙호(孔洛鎬)가 지었으며 농헌은 문예에 자질이 뛰어나고 필법이 정묘하였다고 전해진다.

2017년 봄. 지천명의 충식이 새벽부터 전남 담양군 대전면에 위치한 병풍마을을 지나 해발 564m 높이의 삼인산에 오르고 있다. 그의 뒤를 따르는 묘지 이장 전문 업체 직원 4명이 대화를 나누고 있다.

"내가 이 직업 30년 차인데 이렇게 높은 산 정상에까지 묘를 쓴 경우는 처음 봤네."

"아, 그러니까 명당이겠지. 그 후광으로 후손들이 번창했을 것이고."

매년 4월 둘째 주 토요일은 공씨가에서 '통합 묘제'를 지내는 날이다. 은식, 문식, 충식의 삼 형제가 몇십 년 동안 지켜 왔던 집안의 전통이다. 영준의 시대까지 일 년에 8번의 제사를 지냈던 사대봉사가 현실적으로 불가능하므로 취해진 가족 내부의 결정이다. 특히, 오늘은 공씨가의 상징이었던 담양 산소를 시목마을 근처인 평밭동 산소로 이장하는 날이다.

'전설처럼 듣기만 했던 평평한 자연석이 묘지 안에 정말 있을까?'

등반하는 수준으로 3시간 동안 이어지는 산행을 하면서 충식은 생각에 잠긴다. 100여 년 전, 위민원장 공재택의 시절에 만들어진 담양 산소는 대를 이어서 공장진, 공영준 그리고 현재의 삼 형제들이 매년 올랐으나 그 일은 오늘이 마지막이다.

그들은 무슨 생각을 하면서 산에 올랐을까?

100년 이상 그들이 매년 산소를 찾아야 했던 이유는 무엇인가?

산 정상에 오른 충식이 두 번 절하고 파묘를 고하자 묘지 이장 전문 업체의 직원들이 작업을 시작한다. 100년이 지난 묘 안에는 유골의 흔적이라고는 전혀 없었다. 모두 흙으로 돌아간 것이다. 약 2m 깊이로 묘를 파헤치던 묘지 이장 전문 업체의 직원들이 깜짝 놀라며 충식을 향해 소리를 지른다. 반석이라고 표현할 수밖에 없는 평평한 자연석이 한 세기 만에 모습을 드러내고 있다. 현장을 바라보던 충식의 목덜미부터 심장까지 짜릿한 경련이 일어난다. 충식이 준비했던 두 개의 유골함 도자기는 반석 주변의 흙으로만 채워졌다.

평밭동 산소로 이동한 두 개의 유골함을 포함하여 공씨가의 병후가족묘원(炳厚家族墓園)이 완성된다. 행순과 함께 공씨가의 육 남매가 술을 따르고 절을 올린다. 충식은 절을 올리면서 마음속으로 영준에게 질문한다.

'아직도 부족하십니까? 이제는 편히 쉬십시오.'

야정(野亭)은 답한다. 그의 육 남매들에게.

'부모님께 효도하자.'

'형제간에 우애하자.'

'부부간에 신뢰하자.'

'자녀들을 사랑하자.'

풍운아 야정이 말하는 지극히 평범한 유훈은 '명문가의 조건'이다.

1. 곡부공씨

곡부공씨(曲阜孔氏)는 중국에서 유래한 한국의 성씨이다. 공자의 후손 중 1351년 (충정왕 3년) 고려에 동래하여 문하시랑평장사(文下侍郞平章事)로 회원군(檜原君)에 봉해진 공소(孔紹)를 동국파(東國派)의 시조로 한다. 고려와 조선 시대에는 창원공씨(昌原孔氏)라고 했다.

공씨(孔氏)의 시조인 문선공(文宣公) 공자(孔子)의 본명은 구(丘), 자는 중니(仲尼)로 중국 노(魯)나라 추읍(鄒邑, 曲阜縣)에서 태어났다. 그의 언행(言行)을 적은 『논어(論語)』가 전해진다.

공자의 53세손 공완(孔浣)의 둘째 아들 공소(孔紹)가 원나라의 한림학사로서 1351년(충정왕 3년) 공민왕비인 노국대장공주(魯國大長公主)를 배행하고 고려에 들어와 귀화하여 병상사(平章事)가 되었으며 회원군(檜原君)에 봉해지고, 창원(昌原)을 사적(賜籍) 받음으로써 창원공씨(昌原孔氏)의 시조가 되었다.

공소(孔紹)의 본명은 소(昭)였는데, 이는 고려 제4대 광종(光宗)의 이름과 같아 이를 피하여 소(紹)로 개명하였다. 그의 묘소는 경상남도 창원시 마산 합포구 예곡동에 있고, 매년 음력 10월 1일에 제사를 모시고 있다.

고려와 조선 시대 창원공씨(昌原孔氏)로 세계를 이어오다가 1794년(정조 18년) 공자의 고향인 곡부(曲阜)로 개관(改貫)하였다.

곡부(曲阜)는 중국 산동성(山東省) 제령도(濟寧道)에 위치한 고을 이름으로 일찍이 주(周)나라 무왕(武王)의 아우 주공(周公) 단(旦)이 봉해진 지역이다.

인구는 1985년을 기준으로 69,544명, 2000년 74,135명, 2015년 89,607명이다.

2. 시목(柿木)마을

시목은 500여 년 전에 밀양박씨가 터를 잡아 살았다고 한다. 뒤에 수원백씨와 능성구씨가 다음으로, 한양조씨와 곡부공씨가 차례로 들어왔다. 마을 형성은 곡부공씨 20호, 경주정씨 6호, 광산김씨·울산김씨 5호, 한양조씨 4호, 인동장씨·밀양박씨 3호, 김해김씨·안동권씨·진주강씨·청송심씨 2호, 능성구씨·동래정씨·의령남씨·수원백씨·이천서씨·남양홍씨 등이 89호에 213명이 살고 있다.

본래의 마을 이름은 감나무정(쟁)이 이였다. 이는 마을 가운데 큰 감나무가 있고 주위에 감나무가 많아였다고 한다. 따라서 순수한 우리말로 감나무정이를 한자로 쓰면서 시목(柿木)으로 표기한 것이다.

인물로는 남면장 공영진(공장진), 정보통신부 과장 공연창(공장진의 차남), 현대건설 부사장 공영호(공장진의 오촌), 초등학교장 조흥조, KBS 금산송신소장 조정윤, 군의원 심동섭, 남면농협 조합장 공양진 등이 이 마을 출신이다.

여기에서 남면장 공영진이 꽃미랑 공장진의 주민등록상 신고된 이름이며 정보통신부 과장 공연창은 공장진의 둘째 아들이다. 또한, 현대건설 부사장 공영호는 공장진의 숙부인 공재명의 손자이며, 공양진은 공장진과 같은 항렬의 친척이다. 여기에 야정 공영준의 이름은 없다.

3. 사랑하는 충식에게

충식이는 학생 신분으로서 우선 공부를 열심히 해야겠지만, 오늘은 공부보다 더 중요한 삶의 자세에 대하여 말해주고 싶다.

충식이는 '적극적인 삶'을 살아야 한다.
적극적인 삶이란 자신의 가능성을 긍정적으로 평가하고 최후의 순간까지 용기를 잃지 않는 젊은이다운 자세를 말한다.

적극적인 사람은 남과 다른 점이 몇 가지 있다.

첫째, 앞자리를 좋아한다. 어떤 모임이나 집회에 가면 앞자리가 비어있는데도 꼭 뒷자리에 앉는 사람이 있다. 그러한 자세로는 적극적인 삶을 살아갈 수 없단다. 꼭 앞자리에 앉도록 해야 한다.

둘째, 적극적인 사람은 걸음걸이가 빠르다. 느릿느릿한 걸음걸이로는 적극적인 사람이 될 수 없다. 위풍당당하고 활동적인 승리자의 걸음걸이를 상상해 보렴.

셋째, 적극적인 사람은 말할 때 상대방의 눈을 똑바로 바라보면서 말한다. 다른 사람의 시선을 피하거나 고개를 떨구는 것은 자신감이 없는 패배자의 자세라고 할 수 있다.

넷째, 적극적인 사람은 주인의식이 강한 사람이다. 어떤 일을 할 때 남이 시키는 대로 하는 사람과 스스로 알아서 하는 사람은 결과(일한 것에 대한)는 같을지라도 그 자세에 있어서는 주인과 노예라는 엄청난 차이가 있단다. 충식이는 항상 어디에서나 주인이 되어야 한다.

마지막으로, 항상 엄마를 생각해야 한다. 엄마는 우리에게 인생 모두를 투자한 분이시란다.

1983년 겨울, 육군 중위 공은식이 보냄

4. 〈기둥(柱)〉 - 공은식

나는 하나이다.
그러나, 그 하나가 이 국가 사회를 떠받들고 있는 기둥임을 알아야 한다.

기둥은 굵다.
가는 나무는 기둥으로 쓸 수 없다.
나는 굵어야 한다.

기둥은 곧다.
구부러진 나무는 기둥으로 쓸 수 없다.
나는 곧아야 한다.

기둥은 단단하다.
무른 나무는 기둥으로 쓸 수 없다.
나는 단단해야 한다.

나는 항상, 어디에서나
가장 굵고,
가장 곧고,
가장 단단한 기둥이어야 한다.

기둥은 썩어서는 안 된다.

아무리 좋은 기왓장으로 쌓아 올린 집이라 할지라도
기둥이 썩으면 와르르 무너지고 만다.
그러므로, 모든 사람이 썩는다고 할지라도
나만은 썩지 말아야 한다.

기둥은 흔들려서는 안 된다.

5. 〈내가 행복한 이유〉 - 공충식

아침에 일어나면 당신의 얼굴에서
세상의 모든 평화와 행복을 느낍니다.

하루를 준비하는 나의 모든 지향점은
오로지 당신만을 위함입니다.

일터로 나가는 짧은 시간이
나에게 가장 큰 즐거움이 되는 것은
당신이 곁에 있기 때문입니다.

예외 없이 다가오는 삶의 무게는
숨 막히는 경쟁과 버거움으로
나의 가능성과 한계를 저울질하지만

거침없이 헤쳐가는 힘의 원천이
당신의 칭찬과 격려라는 사실에
다시 한번 고마움을 생각하게 됩니다.

퇴근길을 반겨주는 당신의 친절함과
나를 위해 배려된 정성 어린 식단 속에
하루의 피로는 사라지게 되지요.

내일을 준비하는 휴식 속에서도
당신과 함께하는 든든함이 있기에
언제나 행복한 시간입니다.